荒野特工 2

破冰营救

[英] 珍妮弗 · 贝尔 著
[英] 爱丽丝 · 利肯斯 绘
王扬 译

GUANGXI NORMAL UNIVERSITY PRESS
广西师范大学出版社
· 桂林 ·

目录

序章

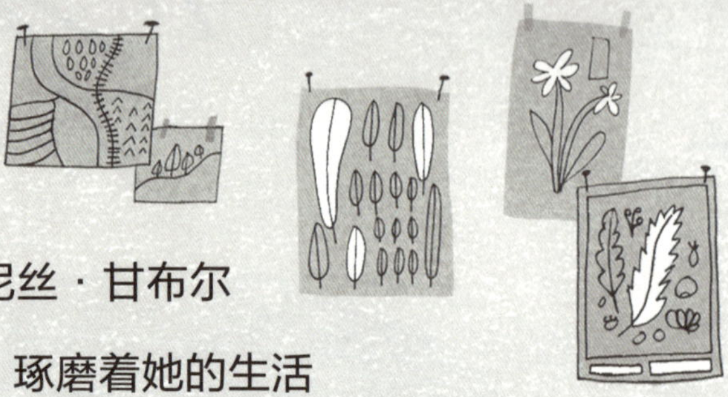

八岁的艾格尼丝·甘布尔把脑袋钻到床下，琢磨着她的生活发生的巨大变化。

小艾[1]刚来道格拉斯叔叔家时，道格拉斯叔叔不准她养任何宠物，甚至拒绝了把他位于第26层公寓的闲置房间改造成迷路与受伤鸟类避难所的完全合理的建议。

显然，关爱大自然已经被写进了小艾的DNA里面。她的爸爸妈妈，已经去世的著名植物学家雷纳夫·甘布尔和艾兹莉娅·甘布尔教会了她所有与大自然有关的事情，包括如何修复红灶鸟的巢，该用什么样的无花果喂养家果蝠，以及如何杀灭茎锈菌。

道格拉斯对这些毫不在意。

“早晚得死。”生日当天，当收到小艾送给他的

①艾格尼丝·甘布尔的昵称。

一盆绣球花的时候，他对小艾说道，“而且厨房里也没地方放这东西。我想要一台新咖啡机。”

但现在，小艾有了一个秘密。

她的床下，在那盆培育了一个冬天的稀有芦荟苗的后面，藏着一件叠好的制服。它是由防水、防火、防蚊虫的材料制成的，胸前的口袋上别着一枚小小的徽章，上面写着“斯派尔协会”。

“斯派尔协会？”你也许会说，“什么啊，从没听说过！”

好吧，你当然没听说过。斯派尔协会以保护珍稀物种与解救陷入危险物种为使命，它的存在是绝密的。

你可能也没听说过闪光蛋糕孔雀蜘蛛。

或者粉红寿司犰狳。

或者红唇蝙蝠鱼。

这是因为它们都是罕见的，而这些物种正是

斯派尔协会竭尽全力保护的。

在为斯派尔协会工作期间，小艾时常为自己遇到的神奇动物与植物感到惊讶，但到目前为止，她只执行过一次任务。不过，她一直都在学习。现在她是斯派尔协会正式外勤特工，跟她的搭档阿蒂一起工作——阿蒂是一只一丝不苟、不苟言笑的象鼩。

每当小艾的手指划过制服上的斯派尔协会徽章时，她都会想到自己在做一件非常重要的事情。她的爸爸妈妈也曾是斯派尔协会特工，他们也曾为保护那些珍贵的动植物而奋不顾身。她知道，如果能和阿蒂一起，像她的爸爸妈妈那样，努力去保护世界上珍贵的动植物，她就能成为他们的骄傲。

于是每天晚上，小艾都会钻到床底，仔细检查一遍她的制服，为斯派尔协会打来电话让她执行任务而时刻准备着……

第一章

奇怪的声音！厨房方向！小艾从床上猛地坐起身，她知道现在早已过了午夜时分，道格拉斯叔叔几个小时前就已经睡着了。她仔细地听那奇怪的声音，听上去闷闷的，吱吱嘎嘎，好像是谁在抓挠，又好像是谁在乱翻东西。

她太好奇了，于是趿拉着刺猬造型的拖鞋，悄悄离开卧室，沿着走廊朝厨房的方向慢慢走去。

经过垃圾桶时，小艾注意到道格拉斯叔叔又把昨天的报纸放错了垃圾桶，便把报纸捡了出来，准备放进可回收垃圾桶。此时，报纸头版上的标题引起了她的注意：斯科舍海发生神秘震动。她知道，斯科舍海位于南美洲南端，她希望那里的野生动物不会受到影响。

她踮着脚，经过道格拉斯叔叔的卧室门口（能听到他的鼾声），然后走进黑漆漆的厨房。在那里，她立刻发现了奇怪声音的来源。

是冰箱。

更准确地说，是冰箱里有东西在动。

她鼓起勇气抓住把手，猛地拉开了冰箱门。

一只长着长鼻子、四条腿的小动物正站在黄油盘子上。它跟一只仓鼠差不多大，有一条尾巴、一对小耳朵，浑身毛发油亮，头是火橙色的，一双乌黑的眼睛被一圈雪白的毛发围在当中，身体的其他地方一团漆黑。

“阿蒂？”小艾惊呼。她一眼就认出了自己在斯派尔协会工作的搭档，但是她没想到会在这里看见它。

阿蒂穿着一件熨烫得十分平整的冰蓝色斯派尔协会制服。“你在这里面干吗？”

“我想打开这台冰箱后面的隐藏通道，但这件事比我想的要难。”它上衣口袋上的斯派尔协会通信徽章闪着光，这是帮助它和人类沟通的工具。

“隐藏通道？”小艾知道斯派尔协会在世界各地都有秘密基地和隐藏通道，但她没想过道格拉斯叔叔的公寓里就有两条。

“用密码可以把通道打开。”阿蒂边解释边把碗里不同颜色的葡萄换来换去，“但我就是……”伴随着“咔嗒”一声，阿蒂开心地叫起来：“啊哈，解开了！红、红、绿、红、绿、绿。我早该知道。”

这碗葡萄的颜色是密码？小艾试图把密码记在心里。这时冰箱后面果然出现了一条黑暗的通道。一股冷飕飕的空气混合着湿漉漉的泥土气息扑面而来。小艾问道：“它通向哪里？”

“城市另一边的斯派尔协会地下设备基地，”阿蒂一边说一边把葡萄按照原样摆好，“任务来了，我们要立刻前往那里。”

我们的第二个任务！小艾掏出她的《自然笔

记》和一支削好的铅笔——这两样东西她随身带着。

“目前都有什么信息？”她把本子翻到新的一页。

就在这时，一只穿着跟小艾一模一样的睡衣和刺猬造型拖鞋的黑猩猩出现在冰箱后面的通道里。它来到小艾和阿蒂的身边，顺手拿起了道格拉斯叔叔准备好的吃的。

“拉尔夫！”小艾赶快收好铅笔，这样就能避

免尖尖的铅笔尖划到黑猩猩，然后立刻给了它一个拥抱。在她接受斯派尔协会培训期间，拉尔夫一直在为她打掩护，所以小艾越来越喜欢它。经过训练，拉尔夫的背影跟小艾的几乎一模一样，对此道格拉斯叔叔从没产生过一丝怀疑。

它对小艾笑了笑，然后把吃的用胳膊夹住，急匆匆地朝小艾的卧室走去。

“它可能赶时间，”阿蒂解释道，“几分钟后电视上要放一部辛西娅 · 斯蒂尔夏普解说的纪录片。拉尔夫可是她的忠实粉丝。”

小艾听得出阿蒂的声音里有一丝遗憾。她知道辛西娅 · 斯蒂尔夏普也是阿蒂最喜欢的动物专家之一。她专门研究地球上的濒危鸟类，得过好几个大奖。

阿蒂从冰箱里拿了一盒香蕉片（可以用来制作它最喜欢的南瓜子炸香蕉三明治），钻进了冰箱后面的隐藏通道。小艾合上笔记本，把铅笔放

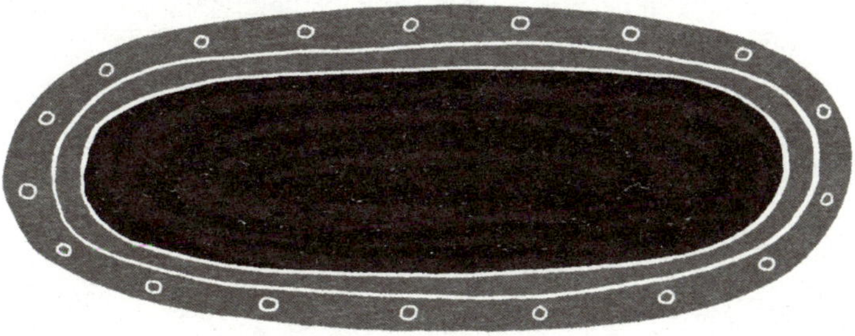

进兜里，紧随其后。

隐藏通道里布满尘土，长长的望不到尽头。刚走出几米，阿蒂突然在地面上的一个大洞前停了下来，这个洞似乎越往深处越窄。

“这个快捷漏斗可以把我们直接送到设备基地，”阿蒂说着，甩起尾巴上的软垫，在漏斗边缘保持平衡，“下面见。”它以优雅的姿势扎进洞口，肚子贴紧洞壁滑了几圈，然后便消失不见了。

小艾坐了下来，把腿伸进漏斗口，努力平复紧张情绪。她将为斯派尔协会完成一项重要工作，她不允许自己被任何事情吓倒。她用手向后一撑，身体向前滑行起来。她在洞壁上绕了一圈，陷入了黑暗之中。“阿——蒂——”她不由自主地喊着，此时她的身体正在急速下坠，“我——们——要——去——哪儿——？”

阿蒂的回答伴着回声传到小艾的耳朵里：“南——极——洲——”

小艾不禁身子一颤，她没听错吧?

很快，小艾冲出了密道，掉进一个大山洞里。

“你刚刚说南极洲？”她站在角落处的一个软草垫上，气喘吁吁地问道。她的爸爸妈妈曾去南极探险，并在那里研究南极发草。他们回来后跟她讲过很多关于那片白色荒野的故事，那里有一些野生动物很好地适应了环境。这听起来很不可思议。

“没错。”阿蒂说着，挺起了胸膛，“斯派尔协会一定很看重我们，因为南极洲是个条件艰苦的地方，他们只会派最优秀的特工去那里。”

走在山洞里（山洞里有数百万条发光的铁道虫），小艾瞥了一眼阿蒂的制服，说道：“怪不得你会穿连体服，原来是为了保暖。”

“连体服？”阿蒂摇摇头，说道，“斯派尔协会特工才不会穿连体服呢，甘布尔特工！这是一件防水保暖衣，它是仿照南极银鱼的生物原理设计的。待会儿你也得穿上。”

阿蒂加快脚步，嘴里嘟囔着“连体服”，连

连摇头。小艾在心里琢磨它的防水保暖衣会如何发挥作用。斯派尔协会的科技制品的原料来自大自然，小艾隐约记得爸爸曾经跟她讲过，南极银鱼为了能在零摄氏度以下的环境里生存，体内会产生一种天然“防冻剂”。也许到了水下，这件防水保暖衣也会产生“防冻剂”。

越往里走，山洞的空间越大，最后他们来到了一片开阔地，那里停放着各种奇特的交通工具。小艾看到了一架蜻升机，还有一架信天翁滑翔机，都是她上次执行任务时使用过的交通工具。此外，还有带昆虫触角的气垫船、线条优美的猎豹型摩托车、覆盖着闪亮鱼鳞的潜水艇等。

“这个是我们去南极时要用的交通工具，”阿蒂指着一架青蛙形状的飞船，说道，“它能在水里和陆地上运行，所以我们叫它全能蛙。”

小艾顿时明白了这个名字是怎么来的。青蛙是两栖动物，能够在水中和陆地上行动自如。

阿蒂把爪子伸向全能蛙外舱壁上的扫描处，随着“呲——”的一声响，一组台阶从全能蛙的嘴里伸了出来。他们迈上台阶，走进全能蛙，发现舱内非常整洁，散发着柠檬消毒水的气味。小艾看到舱内的柱子上有一件儿童防水保暖衣，她按照阿蒂的指示，扭动身体，很轻松就穿上了。接着，

阿蒂用尾巴指出了全新设备存放的位置。在旅途中，小艾将详细地了解这些设备的使用方法。

在阿蒂旁边的座位上坐下后，小艾摸索着系上安全带，心里既紧张又兴奋。阿蒂转动了一个旋钮，随着响亮的“呱”的一声，全能蛙的引擎启动了。全能蛙摇晃着沉入水下，舱顶的玻璃板上方水面冒出一串气泡。小艾看到他们的正前方出现了一条幽暗的隧道。

“总部发消息过来了。”阿蒂说着，按下一个按钮。

屏幕亮了起来，上面出现了一只气度不凡的火鸡。它的翅膀叠放在

肚子底下，脸上的表情极其严肃。这位就是菲尔指挥官，斯派尔协会英勇无畏的领袖。

“阿滕伯勒特工、甘布尔特工，我有一项紧急任务要交给你们，”菲尔指挥官声音嘶哑地说，它的喉咙一直在颤，“我们收到了来自南极洲斯派尔协会水下前哨站的十级求救信号。”它将面孔移到了屏幕一侧，于是在屏幕的另一侧出现了一张南极洲地图。在南极半岛西北部威德尔海的位置上有一个闪烁的红叉。

十级求救信号？小艾看了一眼阿蒂，心头一紧。她知道十级信号代表着极度危险。

“水下前哨站里目前有三名特工，”菲尔指挥官继续说道，“他们的通信设备已经损坏，具体原因尚不清楚。请你们务必尽快赶过去了解具体情况。”顾不上梳理胸前乱作一团的羽毛，菲尔指挥官继续补充道：“我们斯派尔协会的家人有麻烦了，需要你们出手相助。祝你们好运。”

屏幕上的图像消失了。控制板的灯闪烁起来，随后一张长长的纸卷被吐了出来。小艾快速地将它读完。

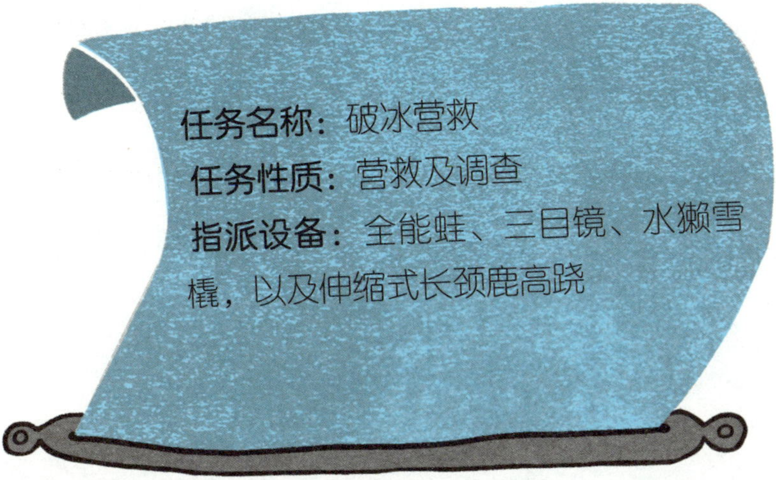

第二章

当一群巨大的长须鲸从全能蛙的舱顶上方游过时，小艾的胳膊上不禁起了一层鸡皮疙瘩。她看着长须鲸雪白的下腹部在水中掠过，瞬间对这种号称是地球上体形第二大的动物竟然拥有如此

快的速度感到惊讶。

“难以置信，对吧？”阿蒂说完，也仰起头注视着它们。然后，它用毛茸茸的小脚叩了叩地板，《斯派尔协会防寒指南》立刻出现在了屏幕上。“现在我们还是继续做测试题吧，让我看看……你能说出体温过低的四种迹象吗？”

小艾指了指阿蒂的脑袋、嘴巴和胸部。“嗜睡、言语不清、呼吸缓慢和脉搏微弱。”她回答得流利自如。在南极执行任务，他们需要相互照应，在这漫长的旅途中他们得不断学习。“我还知道治疗冻伤的最佳方法、如何防止雪盲，还有如何发现雪地上的裂缝以免掉进去。”小艾将身体往后靠过去，扬起下巴，坚定地说道，“相信我，没错的。”

虽然阿蒂在频频点头，但小艾看出它还是有顾虑，因为从他们出发以来，它的尾巴就一直摇个不停。这次的任务很重要，他们想要顺利完成，那就必须克服恶劣环境带来的各种困难。

就在此时，控制板发出一阵哔哔声，阿蒂立刻警觉起来，指示道："我们一定是到达目的地了，准备停靠！"

远处出现了一个看起来疙疙瘩瘩的东西，像是从海床上升起的粉红色珊瑚。

这便是水下前哨站。

当他们靠近时，小艾注意到这座建筑上的每一处凸起实际上都是充满海水的透明舱。各种海洋动物，从黑白相间的沙漏海豚到白血冰鱼群，以及闪烁的粉红色磷虾群等都在里面游来游去。此时，小艾感到无比兴奋。但当她注意到其中有三个海水舱是空的，而且它们的外舱壁有明显的裂纹时，她的心又沉了下去。是什么造成了如此严重的破坏呢？

“记住：我们接下来要见的那些特工现在需要我们的帮助！”他们已经来到了全能蛙的舱门前，正等待舱门被打开。阿蒂整理好自己的制服，继续说道：“要让他们感觉到我们是值得信赖的。”

当全能蛙的连接端口与水下前哨站的一个端口连接时，舱内的地

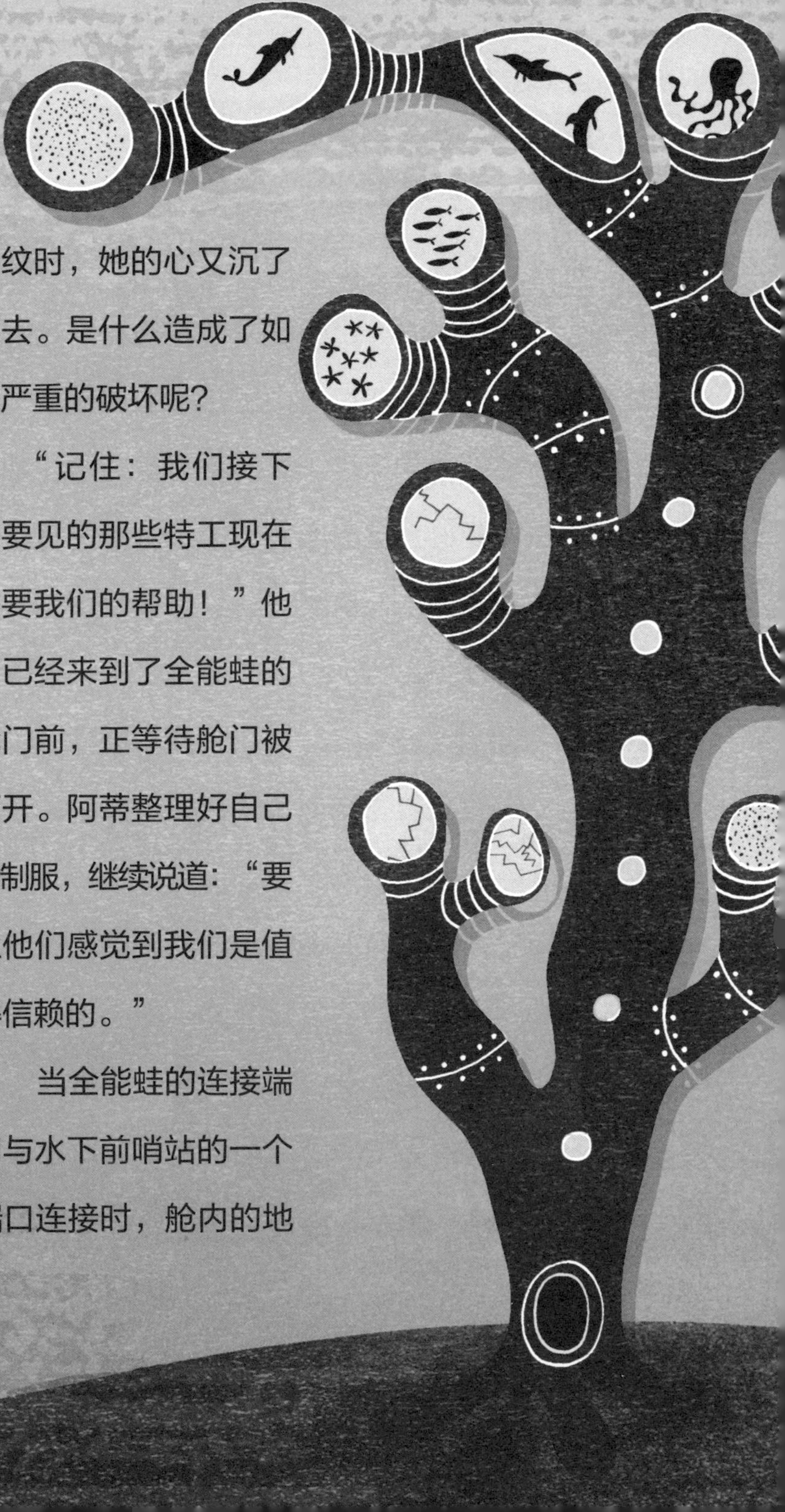

板震动了一下。随着一声长长的“吱嘎”，双层舱门滑动开启。

小艾眨了眨眼，出来迎接他们的似乎是一个由蓬松毛发组成的棕色小山包，上面还长着一个像是用皮革做成的黑鼻子、两个弯弯的角。她绞尽脑汁思考能符合这些条件的一米八高的有毛动物，最终锁定了唯一可能的答案：美洲野牛。

“欢迎来到22号前哨站，”野牛的声音温柔得出奇，“我是特工华莱士，你们也可以叫我沃利。”

小艾向前一步，说道：“很高兴见到你，沃利，我是特工——”

她还没把话说完，便被自己的新保暖靴绊了一跤，滑到了沃利的两条腿之间。她小声说着抱歉，急忙起身，结果又一头撞在了沃利的身上。

一声如同打雷一般的“阿嚏”响起，紧接着是一声响亮的“啪嗒”。小艾终于站稳了脚跟，

看到阿蒂正忙着擦它的保暖制服上的野牛鼻涕。

“太抱歉了。”小艾说道，感觉自己的脸红得发烫。

阿蒂抽了抽长鼻子。“甘布尔特工想说的是，”它跳过地上的一摊鼻涕，“见到你很荣幸。我是特工阿滕伯勒。”

一个跟小艾年纪相仿的小男孩从华莱士特工身后走出来，握了握阿蒂的爪子。他的黑色卷发上粘着海草，肩膀上趴着一条变色龙，变色龙

的四只脚上穿着微型保暖靴。小男孩说："我是沃利的搭档，特工拉胡尔·卡布。这位是特工蒂塔，它是从另一个前哨站调到这里来协助我们的。你们能来真是太好了。"

小艾注视着变色龙，只见那双宝石般的眼睛能各自往不同方向转动。一身鳞状的绿色皮肤上长着橙色、白色和黄色条纹。头上有一个圆锥形的突起，是这一物种独一无二的标志，表明它是

高冠变色龙。小艾还从来没有在现实世界中见过这一物种。

拉胡尔转过身，说道：“咱们赶快去简报舱吧，这样才能向你们解释清楚这里究竟发生了什么。路上我和沃利先向你们介绍一下前哨站的情况。”

阿蒂紧赶慢赶地走在沃利身边，拉胡尔带领大家走进这栋水下建筑。前哨站狭窄而幽深的通道里积满了水，散发着海藻般苦涩的、咸咸的气味。

“抱歉，在你刚才被绊倒之前，我没能及时提醒你，甘布尔特工。”蒂塔对小艾说，“我应该可以预见到的。”它在拉胡尔肩膀上时不时地调整着身体的重心，长尾巴甩来甩去。

拉胡尔拍了拍蒂塔的头，说道：“我以前告诉过你，虽然你拥有全角度视野，但这并不意味着你要为所有人保持高度警惕，不要太自责。”

紧接着，他转向小艾，悄悄说道：“蒂塔总是让自己的神经紧绷着，难以放松。”

小艾无比期待地看向阿蒂，想知道它是否有可能坐到自己的肩膀上。

“好吧，大家都注意脚下，”蒂塔轻快地说，“这里很滑。”

听到了蒂塔的建议，小艾把注意力集中在脚下，她可不想自己的头再撞到谁的身上。

“22号前哨站是生病的海洋动物的疗养中心，”沃利走在最前面，解释道，“我们接收各种遇到健康问题的患者，从身上有被渔船造成的伤害的患者，到找不到可供休憩的浮冰导致体力透支的患者。”

小艾经过一个又一个她刚才在外面看到的海水舱。在看过每个患者的病历后，小艾偷偷透过观察窗挨个向里面打量。在其中一个病舱里，只见一只章鱼正舒服地坐在沙子铺成的床上，它刚刚通过手术取下了缠在触手上的塑料袋，目前正在康复中。住在另一个病舱里的是一只龙虾，它原本那个碎裂的钳子已经被治好，此刻它正在暗绿色的海藻森林里自由穿梭。

“由于全球变暖，南极洲正在经历比世界上其他地方都更剧烈的变化，”沃利继续说道，“我们治疗的大部分动物都遇到了跟海水温度上升相关的问题。”

因为受过专业训练，小艾对全球变暖造成的

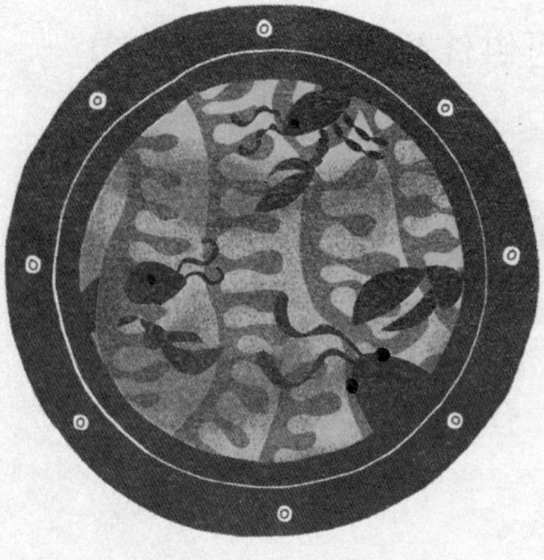

负面影响了如指掌。它对环境造成的威胁，远超最新版《斯派尔协会已知敌人手册》中收录的那些大坏蛋所干的坏事的影响。

拉胡尔把手指抵在一个病舱的玻璃窗上，指向一处地方，那是一个铺有黄色黏性膏药的浅盘，一群海螺正在上面滚来滚去，他说道：“这是海螺疗养池。甲壳类动物可以在这里用抗酸类

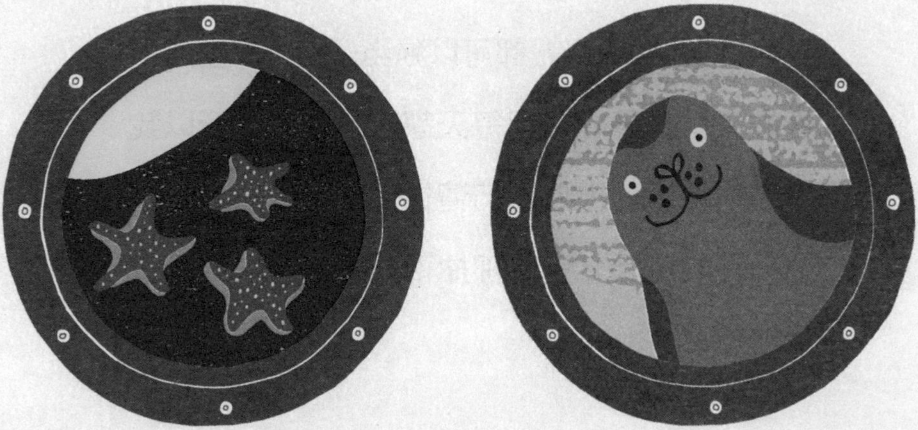

软膏涂抹它们的壳，以避免被溶解。”

“溶解？”小艾吓了一跳，“这也太可怕了吧。”

拉胡尔叹了口气，说道：“现在水里有大量的二氧化碳，它溶于水后，会使水呈酸性，具有腐蚀性。沃利和我想出了这个药方，多少能给这些患者一点儿帮助。”

在这个建筑中穿行，经过一个又一个病舱，了解到各种各样的病症后，小艾的心情越发低落。她再次感到庆幸，自己是斯派尔协会的一员，能够做一些对动物多少能有一点儿帮助的事。“这里只有你们三位特工吗？”她问道。这里的病号实在太多了。

“我们训练有素，都可以独当一面，”拉胡尔说着站直了身子，“但每天都有新患者，所以我们总是很忙。这也是我们请你们来帮忙处理眼前这个问题的原因。我们都抽不开身去调查究竟发生了什么。”

突然，在拉胡尔肩膀上的蒂塔变得紧张起来，说道：“当心！我看到……”

还没等它把话说完，这个建筑便摇晃起来。剧烈的震动通过小艾的腿传遍全身，她感到自己身上的每根骨头都在摇晃。她跌坐在地，用双臂

护住头，问道：“这是怎么回事？”

拉胡尔蹲在她身边，竭力让自己的声音盖过震动的响声：“这就是我们发出求救信号的原因！在过去的一周，这样的震动每天都会发生几次，为此，我们这个前哨站受到了严重破坏。我们调查过本地的地震活动，确定最近发生的这种震动并不是地震造成的。不管是由什么造成的，反正肯定不是自然原因！”

小艾看到病舱里的海水也在摇晃，患者们个个惊慌呼号不止。她据此推断之前看到的那几个被破坏的病舱，也一定是这个原因造成的。她突然想起报纸上的标题：斯科舍海发生神秘震动。斯科舍海距离他们目前的位置并不远。

“我们需要你和阿蒂找出引发震动的原因，并想办法阻止它，”说着，沃利的毛颤抖起来，“我们不确定这个前哨站在这种震动下还能撑多久！”

第三章

小艾穿着靴子，踩在雪地上。她检查了贴在加了软垫的袖子上的温度计，上面显示是零下二十摄氏度。不过她穿着保暖制服，身体一直很温暖。

她注视着周围令人目眩的南极景观——白的雪，白的冰，到处都是白茫茫的一片，不敢相信自己真的来到了这里。在陆地断裂入海之处，一座楔形冰山在幽暗的水中兀然耸立，在天空之下发出碧蓝色的光芒。这里的环境是如此严酷，却又美丽得超乎想象。

打开《自然笔记》，小艾读了之前自己写下的“在南极务必记住的重要事情”清单。“在离开全能蛙之前，你有没有把衣服擦干净？”她问阿蒂。南极的生态系统实在是太脆弱了，他们必须万分小心，不能让任何异物污染这片土地。

“我擦了三回，以防万一。”阿蒂说道，“我还准备了一些应急物品，以应对可能遇到的暴风雪。我们没法带太多东西。”雪已经很深了，阿蒂在靴子上绑了一副伸缩式长颈鹿高跷，这样才能保证自己在赶路时不至于被“淹没”。“我们快去调查吧，一定要阻止震动再次发生。”

小艾一想到前哨站被毁的后果，不禁打了个寒战。所有生病的动物都将无法得到帮助……太可怕了，她想都不敢想。

阿蒂解开背包，取出一副带黑白条纹的望远镜——与一般的望远镜不同，它的镜头是可旋转的彩虹色气泡状镜头，安装在能独立移动的柄上，仿佛人的眼睛一般。

这应该就是三目镜了，小艾猜测。她之前在

任务简报上看到过这个词。

“我接受了两个星期的专门训练，才学会使用这玩意儿。”阿蒂得意地说着，把三目镜举到眼前。小艾努力不让自己笑出声，阿蒂看上去就像是戴了一副恶搞眼镜。“三目镜利用的是斑马纹螳螂虾技术，能够对冰层进行扫描，视野可以一

直延伸到海底。如果是海底的某种东西引起的震动，我应该能看到。”

在阿蒂扫描的同时，小艾在附近的雪原上寻找线索。突然，她发现海岸上散落着几块硕大的石块。她把目光移向别处，但透过眼角余光，瞥见有一块“石块”在移动……

“我看不到任何可疑的东西，”阿蒂放下三目镜，说道，“我们再走远一点儿，换个地方试试。”

小艾灵机一动，说道：“我们在去别的地方之前，为什么不问问这里的野生动物呢？或许有谁看到了一些东西，可以为我们解释这里究竟发生了什么。”

当他们接近海岸线时，那些“石块”开始晃动，并发出哼哼声。小艾注意到它们有着厚厚的灰褐色皮肤、长着蹼的趾，鼻子上长着球状物。小艾很快认出了它们：南方象海豹，世界上体形最大、体重最重的海豹。

她按了按斯派尔协会的通信徽章，确保它能正常工作。“你们好呀！”她喊道，“我们为斯派尔协会工作，可以问你们几个问题吗？”

离他们最近的南方象海豹——一头雄性南方象海豹，体形有一辆小汽车那么大——打了个哈欠，露出巨大的粉红色嘴巴和下颌两侧的尖牙。“随便吧，”它吼道，声音太过响亮，让阿蒂的耳朵不禁背向了后面，“但我不清楚你们能拿什么来回报我！”

小艾没想到它会这样回答。据她所知，南方象海豹并不是贪婪的动物，它们一生中的大部分时间都待在水里，食物向来充足。

“也许我们可以做个交易？”她提议道，大脑飞速运转。她在思考自己和阿蒂随身带的物品中，有没有能让南方象海豹感兴趣的东西。可惜，除了斯派尔协会提供的设备，他们就只有食物补给了。“作为交换，如果你回答了我的问题，我可以给你所有的香蕉片。”

阿蒂向小艾投去惊恐的目光，似乎在说：“别啊！没有香蕉片，我还怎么做三明治？”但小艾的

提议已经说出口了。

“唔……我还没吃过香蕉片呢。”南方象海豹舔了舔嘴唇，说道，“暂且这么定吧。”

“很好。”小艾知道阿蒂不愿意让出它的食物，但如果能得到一些有用的信息，那也值了。阿蒂从背包里拿出香蕉片，一脸不情愿地递给南方象海豹。

“那么，”小艾打开《自然笔记》，开始提问，“问题一：你最近有没有感到震动？”

“当然，”南方象海豹说道，“只要我一动，我就感到周围的一切都在动。”

小艾拿着铅笔在纸上欲写又止。“我不是问这个，”她努力地保持耐心，“我说的震动是地面或者是海里的，是你自身重量之外的原因引起的震动。”

南方象海豹沉思了片刻，说道：“那我就不知道了。除非……水上有波浪，你说的是那个吗？”

阿蒂急得直用爪子拍自己的脸。“不，不是海浪！啊，真是白费工夫。”它合上背包，皱着眉头望向小艾，“我们找个聪明点儿的动物问好不好？别再浪费时间和香蕉片了。”

他们离开开始品尝香蕉片的南方象海豹，朝陆地内部走去。阿蒂踩着高跷，在雪地里闷头走着。小艾忍不住想，跟南方象海豹做交易并不是什么好主意，而且她根本没有征求阿蒂的意见。这不是好搭档该有的行为。这一次，她让阿蒂失望了。

不一会儿，一只大鸟向他们这边呼啸而来。小艾注意到它黑白相间的翅膀有着惊人的长度，她认为这应该是一只漂泊信天翁。漂泊信天翁拥有世界上现存鸟类中最大的翼展，能在天空中翱翔数周不落地。

漂泊信天翁降低到跟小艾和阿蒂并肩的高

度，然后抬起了头。

“你们好，”漂泊信天翁招呼道，“我只是想问问你们知不知道破冰团的事情。上次飞近海面时，我无意中听到有两只螃蟹在谈论它，它们兴奋极了。”

“破冰团？”小艾重复了一遍，“不，抱歉，我从没听说过。”她在《自然笔记》里记下了这几个字。万一它跟震动有关呢？

“没关系，我过几个星期再来问。”漂泊信天翁说着抖了抖肩上的羽毛，然后轻轻振翅，越飞越高，直至变成灰色天空中一个遥不可及的点。

小艾和阿蒂继续跋涉，气温越来越低。起风了，寒风裹挟着厚厚的雪花，让他们很难看清眼前的路。在询问过几只南极蠓（它们正在雪下面钻来钻去，什么都不知道）之后，他们绝望了。

“我们毫无进展，”阿蒂再次戴上三目镜扫描冰下，感叹道，“如果我们搞不清震动是什么原因造成的，该怎么阻止？”

小艾开始绞尽脑汁地思考。调查需要耐心，一旦得到线索，她就必须像拼拼图那样把它们拼凑起来。答案就在那里，只要她竭力寻找。

在厚厚的积雪上面，小艾发现了一串通向远方的新鲜清晰的脚印。多亏了斯派尔协会的训练，她能辨认出这串脚印是一个两脚动物留下的，它的脚很窄，有三个脚趾；它时不时还会停下来，肚子贴地，在雪地上滑行一段。小艾只知道有一种动物是以这种方式在南极大陆上穿行的。她顺着足迹向远处走去，隐约看到一个黑白色的圆球在山丘上蹒跚而行。“企鹅！”她兴奋地喊道。

阿蒂抬起头，透过三目镜望去。“很好的发现，甘布尔特工！我们去问问它有什么线索。”

当他们艰难地走过去时，那些关于企鹅的知识开始在小艾的脑海中涌现。她知道目前世界上已知的企鹅有十八种，其中四种生活在南极洲，四种生活在南极洲附近的岛屿上，所以这只企鹅可能是这八种中的一种。

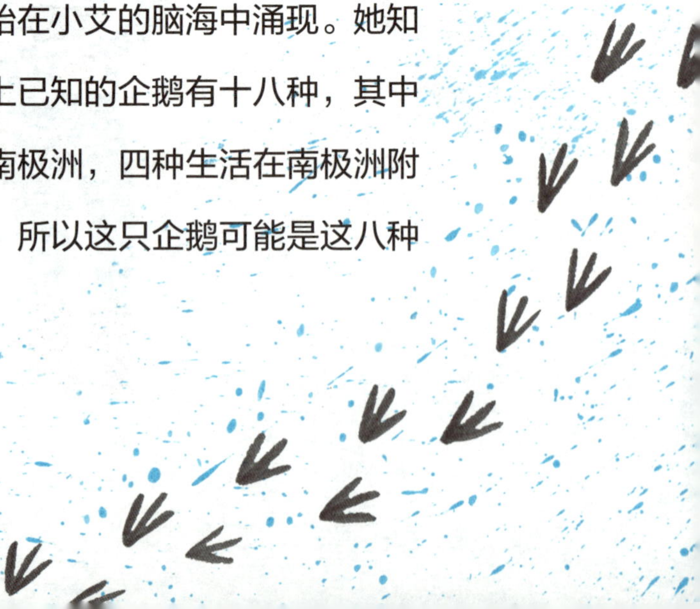

走到近前，她看到这只企鹅眼睛周围有明显的白圈，这是阿德利企鹅的典型特征。阿德利企鹅是小艾最喜欢的一种企鹅，它们体形娇小，很勇敢，和她一样。不过，这只阿德利企鹅却有些不寻常：它的深色羽毛实际上是棕色的，而非黑色的。最让人惊奇的是，它的脖子上固定着一个银色领结，中间还有一个绿色的闪光灯。

“不好意思！”小艾一边喊一边向阿德利企鹅挥手。阿蒂则屈着膝盖，踩着高跷上蹿下跳，试图引起阿德利企鹅的注意。

这一幕一定非常诡异，但阿德利企鹅根本没有朝他们的方向看哪怕一眼，它仍然埋头匆匆赶路。

“你好！”小艾再次大声喊道，努力让自己的声音盖过呼啸的狂风。

可是阿德利企鹅依然无动于衷。它的眼睛里一片茫然，仿佛在梦游。

阿蒂重重地哼了一声，它的透明面罩马上起了一层雾。它说道：“真是没礼貌！”

“也许它听不见咱们说话，”小艾知道企鹅一般会在水下待很长时间，便猜测道，“它的耳朵可能有问题。”不过她也觉得这只阿德利企鹅的行为很古怪。它也许见过人类，但对一只穿着连体衣、踩着高跷蹦蹦跳跳的黑象鼩也能毫无反应，那它未免也太淡定了吧！

他们不愿放弃，于是跟着阿德利企鹅翻过山丘。当他们来到山顶时，眼前的景象令他们倒吸了一口凉气。一大群阿德利企鹅聚集在下面的山谷里。它们成对坐着，每一对都守着一堆精心搭建的石头巢。在如此深入内陆的地方看到它们，并且它们全都系着银色的领结，小艾觉得很奇怪。阿德利企鹅通常会在海岸线附近筑巢……

阿德利企鹅聚居地的中间，有一顶巨大的帐篷，足以容纳一支举办婚礼的小型队伍。帐篷旁边有一个人。小艾心想，说不定自己和阿蒂想要的答案，就在这里。

第四章

小心地避开阿德利企鹅的巢，小艾和阿蒂从成群的阿德利企鹅中间穿过，走向那顶巨大的帐篷。地上到处都是阿德利企鹅的粪便，黏糊糊的。小艾在书上读到过，企鹅的粪便跟腐烂的虾的气味相似。她很庆幸这种气味不会穿透她的保暖制服，否则她很可能会当场晕倒。

当小艾从阿德利企鹅身边经过时，它们会窃窃私语。但每当小艾试图跟它们交谈时，它们就会赶紧转过头，对她不理不睬。

“我说，这白色的东西真是冷得见鬼。”一只阿德利企鹅发着牢骚，一屁股坐在雪堆上，身子扭来扭去。

“非常同意，”另一只阿德利企鹅说道，“而且到处都是，真讨厌。”

“那你们见过这个吗？”第三只阿德利企鹅在嘴巴前面挥舞起翅膀，“我能在空气中看到我的呼吸！”

小艾仔细观察着这些阿德利企鹅，发现它们有些不对劲。翻开《自然笔记》，她开始列举自己对这些阿德利企鹅好奇的地方，包括它们不寻常的筑巢地点、令人担心的行为举止，还有那奇怪的银色领结。

来到帐篷附近，小艾和阿蒂很快便看清站在帐篷旁的是个女人。她有一头深红色头发，梳理得非常整齐。她穿着一件带腰带的棉外套，还有一双过膝长靴。

“你们好！”当小艾和阿蒂走近时，那个女人喊道，她悦耳的声音不知为何让人感觉有些耳熟，“没想到会有客人来。真好！快请进吧！”

“我不敢相信，”阿蒂迟疑了一下，低声说道，靠在小艾腿上站稳脚跟，“这难道是我想的那个人？”

小艾擦掉面罩上的雪，好让自己看清楚。

她喘了口粗气。这难道是……辛西娅·斯蒂尔夏普？

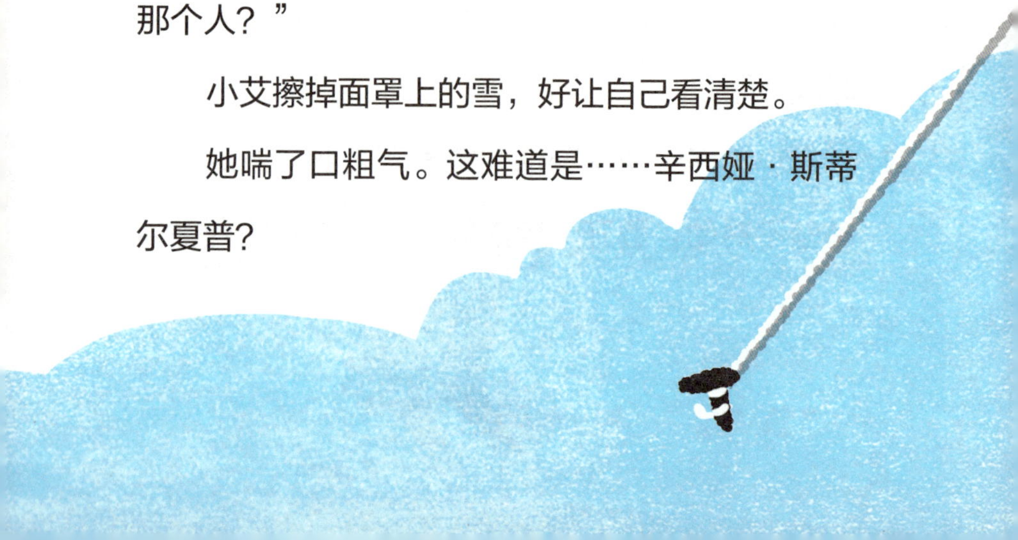

小艾曾在电视上见过这位珍稀鸟类研究者，瘦削的脸庞、标志性的发型——肯定是辛西娅·斯蒂尔夏普，不会错的。

阿蒂把它的头巾和面罩拉了下来。“天哪，真没想到会在这里遇到您，斯蒂尔夏普小姐。”

“哪里有动物，哪里就有我。”斯蒂尔夏普愉快地说着，拉开帐篷门，示意他们进去。

帐篷里面的布置很豪华，铺着长绒地毯，摆着舒适的天鹅绒沙发，还有陈列着书籍和古董的柜子，温暖的空气中弥漫着木头燃烧时散发出的气息。“随便坐，别客气。”斯蒂尔夏普带他们来到一张木桌前，木桌上有一盏玻璃彩灯。

阿蒂快速把高跷解下来放在门口，便飞快地跑了过来。“能来到您工作的地方真是太荣幸了，”它环顾四周，称赞道，“这里真不错。”

但小艾并不这么想。她注意到半掩在桌子

后面的是一台发电机，黑色的烟雾被抽进一个透明管道，管道通向帐篷外。有环保意识的人肯定不会使用这种东西，这让小艾很困惑。

“你们都是斯派尔协会的成员，”斯蒂尔夏普大大的绿眼睛看到了阿蒂胸前的徽章，她说道，“我对这个组织有所耳闻，但还从没见过它的成员。”

阿蒂激动得连胡子都颤抖起来，说道：“我是特工阿滕伯勒。这位是我的搭档，特工甘布尔。我们正在调查最近引起这一地区震动的原因。我想您应该也不太清楚吧？”

“我只知道我的设备也因此遭到了损坏。”斯蒂尔夏普指着一堆装满了破损电子零件的箱子说道。小艾注意到，有一些罐子里装的是银色领结。而罐子旁边的桌子上放着地图，还有堆积如山的文件、一个满满当当的烟灰缸、一个黄金镇纸和一本日历。日历上12天后的日期被圈了个红圈，旁边写着“拍卖”两个字。

“您在这里研究阿德利企鹅吗？”小艾问道，她很想听听斯蒂尔夏普对它们奇怪的举止有什么看法，“它们都戴着您的领结。”

斯蒂尔夏普突然挺直了身子，说道：“噢，是的，我一直在给鸟类安装那些……呃，追踪装置，从而观察它们的活动。这些阿德利企鹅有些古怪。”

“我敢说，要是有人能解开这个谜团，那一定非您莫属。”阿蒂仰视着它的偶像。小艾不禁怀疑，这家伙是不是把关于任务的一切都

忘了，它看起来完全像是为了追星而来。“我想知道，如果不是很麻烦的话，”它扭捏地拨弄着衣服上的拉链，“我能不能跟您合张影？”

“当然可以，”斯蒂尔夏普温柔地说，“粉丝的要求，我一定满足。”

小艾帮阿蒂找到之前放在它背包里的相机（为了便于拍摄可能与震动相关的证据）。

“这个东西好像很有意思。”斯蒂尔夏普指着阿蒂放在桌子上的三目镜说道。

阿蒂咧嘴一笑，一边向她展示三目镜的气泡状镜头，一边说道：“斯派尔协会的技术，戴上它视线可以穿透冰层。”

“穿透冰层？”斯蒂尔夏普的眼睛顿时一亮，“这太神奇了！”

在帮阿蒂和斯蒂尔夏普拍了几张合影之后（一张是严肃的，一张是微笑的，还有一张是他们一

起做鬼脸的），小艾帮阿蒂重新收拾好背包，而阿蒂则一门心思打听斯蒂尔夏普工作中的事。在斯蒂尔夏普讲述的时候，阿蒂的耳朵不停抽动，这表明它非常感兴趣。

大风呼呼地吹着帐篷，尤其是在帐篷帆布边缘听起来，风声愈发猛烈。“听上去风越刮越大，”小艾说，她想起《防寒指南》上的警告，“也许我们应该回前哨站，以免遇上风暴。”

阿蒂点了点头，小艾注意到它的嘴角耷拉了下来。她知道阿蒂现在更愿意留在帐篷里听斯蒂尔夏普讲故事，而不是去外面冒险。就在它重新穿上高跷，拉好面罩和衣服上的拉链的工夫，它还在向斯蒂尔夏普询问金雕的巢、

鸵鸟蛋的大小等问题。

小艾最后看了一眼这位电视节目主持人的办公空间。很奇怪，她发现这里没有任何她能叫得上名字的工作设备。她很清楚考察旅行需要什么，比如笔记本、相机、三脚架、隐藏摄像机、铅笔、保质期为一年的混合干果，还有足够多的衣服，好让人能在长时间不活动的情况下保持温暖。

“有机会再见。”阿蒂说着跟斯蒂尔夏普握了握手。

她微笑着，露出了雪白的牙齿，说道：“祝你们调查顺利。”

此时，外面的雪下得更大了，脚下的积雪足有四个枕头叠在一起那么厚。小艾每走几步都要擦一擦面罩。“你有没有觉得斯蒂尔夏普小姐有点儿奇怪？”她小心地问道，“我看不到任何东西表明她真的是在研究那些阿德利企鹅。直觉告诉我，她身上一定有秘密。”

阿蒂哼了一声，说道：“胡说。斯蒂尔夏普小姐可是世界闻名的专家。不管怎么说，我上次相信你的直觉，把所有香蕉片白送给了那只南方象海豹。这次也许你该相信我的直觉了。”

小艾低头看着自己的脚，心想也许阿蒂是对的，也许阿蒂饿了……胡思乱想什么呢？小艾摇摇头，继续前行。

在温暖的帐篷里，斯蒂尔夏普给自己倒了一杯热咖啡，站着啜饮，注视着两个特工穿过冰面。等到他们越过山丘，消失在视野中，她马上喊来附

近的一只棕色羽毛的阿德利企鹅："你，呆头，给我在前哨站的助手发条加密信息，我要把那个三目镜抢过来，它对我的搜索工作很有帮助。"

阿德利企鹅站起来，眼神里充满了茫然。它摇摇晃晃地转过身，朝斯蒂尔夏普的帐篷走过去。

"不对，你这笨蛋！"斯蒂尔夏普一把抓住阿德利企鹅的肩膀，把它扭了过去，怒吼道，"无线电在那边！"

阿德利企鹅毫不犹豫地执行着她的命令，在狂风暴雪中蹒跚地走远了。

斯蒂尔夏普退回自己的帐篷，板着脸，小声嘟囔道："呃，阿德利企鹅真讨厌。"

第五章

第二天一大早，小艾和阿蒂在全能蛙里吃早饭，讨论他们的调查情况。

小艾喝完最后一口杏仁牛奶麦片粥，把勺子放在空碗里。“我把昨天我们搜查过的区域都标记在了地图上，这样我们就不会重复搜查同一个地方了。”她愉快地说道，满怀期盼能在第二天的搜查中有所收获。

阿蒂试探着嗅了嗅三明治，由于没有香蕉片，它便在两片面包之间塞了好多黏糊糊的绿色海带。“我想能引起这种震动的一定是非常庞大、

非常厉害的东西。”说着，它把三明治举到嘴边，“如果继续寻找，我们应该可以找到。”它咬了一口三明治，使劲抽了抽长鼻子，最后还是放下了。小艾感到很内疚，她知道都是因为自己，阿蒂才没法吃到最喜欢的食物。

小艾起身收拾餐具，阿蒂从全能蛙的设备架上把他们要用到的设备取下来。打开装三目镜的黑白条纹盒子时，它皱起了眉头。

“怎么啦？”小艾问道。

“三目镜不见了……”它把空盒子拿给小艾看，“你确定昨天把它收进去了？”

“确定啊。”

阿蒂挠了挠头。“那么，三目镜去哪儿了呢？”它的尾巴摆动起来，开始翻箱倒柜，“必须找到它，它对我们的调查太重要了！”

小艾也加入进来，检查阿蒂够不到的箱子。她心乱如麻。昨天不小心撞到沃利、白白送掉阿蒂的香蕉片，眼下三目镜又不见了……小艾开始怀疑自己没法成为斯派尔协会所期望的王牌特工了。

她跪在地上，检查水獭雪橇（一种流线型雪橇，可以在冰面上安全行驶）下面，发现地板上有一串水渍，从设备架一直延伸到全能蛙门口。“看这边！”她一边仔细查看这些痕迹，一边对阿蒂说，“看来有人未经我们允许来过这里。你觉得三目镜会不会被偷走了？”

阿蒂走到门口，向走廊里望了望，说道：“当然有可能。但外面的动物脚印太多了，我们没法确定哪个是小偷的。你看这些脚印都通往一个地

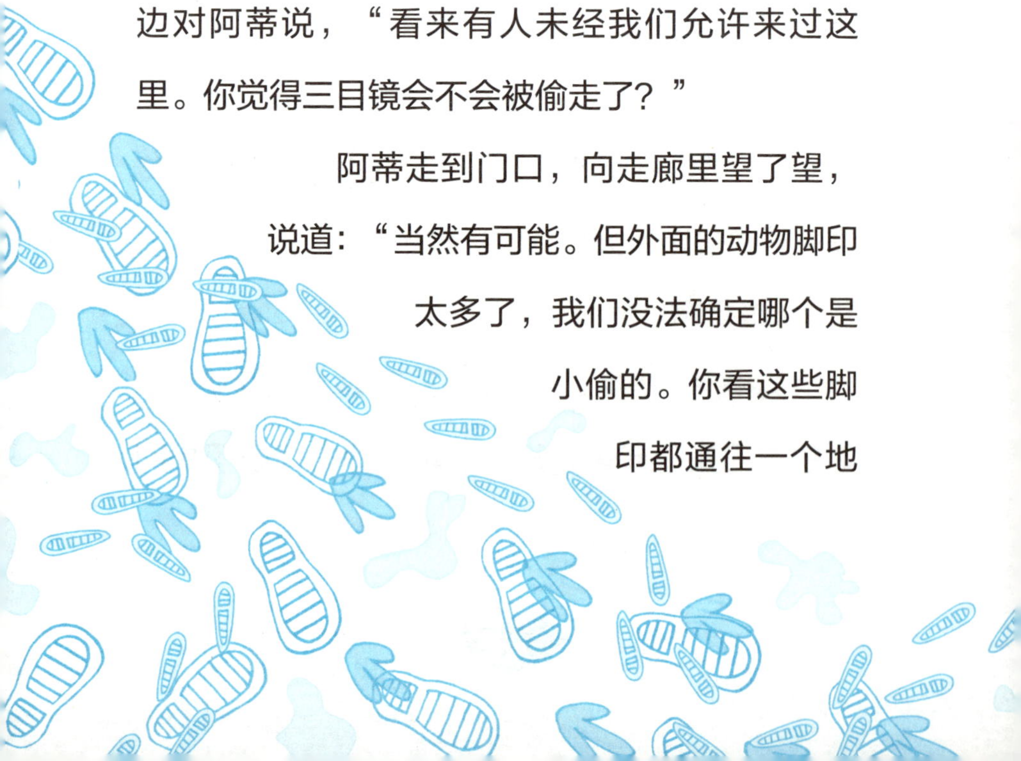

方——前哨站的食堂。”

食堂看上去像是学校的午餐大厅，里面有一排长长的石桌，还有专为各种海洋动物设计的座椅。食堂中央有一个巨大的水池，可以满足水栖动物的需求。这里有一整面舱壁是透明的，透过它可以看到幽暗的大海。

华莱士特工戴着小艾迄今为止见过的最大号头套，在服务台后面走来走去，为排队的患者发放海藻华夫饼和格兰诺拉麦片。患者统一由拉胡尔照看着。蒂塔坐在一旁的桌子上，用它长长的黏性舌头分发餐具，它那蓝色的舌头非常灵活。

“我们分头问问吧，”阿蒂提议道，“可能有谁看到了什么。”

小艾环顾四周，看到一群胖乎乎的五腕海星高高地贴在食堂的舱壁上，它们的上半部分呈珊瑚色，下半部分呈粉红色，上面长着很多小小的

管足。小艾觉得它们在那里视野一定很开阔，便走过去打算向它们打听情况。可是就在穿过食堂时，她又有了新的发现。

外面的海水里，有一只大块头正在转来转去，它长着触手，周身的皮肤是紫红色的。小艾喘了口粗气，认出了它。这是一只大王酸浆鱿，是海洋中的巨无霸之一。小艾想，它拥有动物界最大的眼睛，要是有什么可疑的东西，也许这位眼睛超大的朋友会看到。

“打扰一下。”小艾轻轻敲了敲玻璃，说道。

大王酸浆鱿晃了晃头，叫道：“咦？是谁在那儿？”它舞动着触手，向前靠了靠，结果撞到了玻璃上。“哎哟！”

“哦，不！”小艾惊呼道，“你还好吗？我不是故意要吓你的。”

“不是你的错，”大王酸浆鱿疲惫地说道，“我

年纪大了，眼神越来越差。我叫哈鲁基，我想去眼科病舱，是这里吗？”

“不是，”小艾回答道，她希望哈鲁基没有撞得太痛，“这里是食堂。”

哈鲁基的触手耷拉着，说道：“我真傻。每年我都会从新西兰南端游到这里看眼睛。通常我会在途中找艘

古代沉船，在里面舒舒服服地打个盹儿，但这次没睡成，所以我现在好困。”

小艾刚想帮它的忙，突然海水搅动起来，顿时哈鲁基的头和触手开始颤抖。食堂的地板也颤抖起来，一阵深沉而响亮的轰鸣声随之在整个前哨站回荡开来。

服务台那边，蒂塔的皮肤从绿色变成了红色。“又来了！”它疯狂地朝四周大喊，“大家快躲好！”

华夫饼碎片在空中乱飞，患者们顾不得它们的早餐，都躲到了桌子底下或水池里。华莱士特工越过服务台，把几只海豹幼崽护在自己软软的肚皮下面。拉胡尔则把海螺一家抱在怀里，钻到了凳子下面。

“快——找个安全的地方！”小艾对哈鲁基说。

哈鲁基吐出了一句话，但小艾没有注意到，

她的注意力被其他东西吸引住了——舱室的一块玻璃上出现了一道小小的裂纹。

玻璃随着震动剧烈晃动起来，发出一阵阵尖啸声，蜘蛛网状的裂纹在玻璃上蔓延，水开始透过裂纹涌进舱室。小艾的心提到了嗓子眼，她觉得那面玻璃随时都有可能炸碎。她绞尽脑汁想办法，突然想到了蜷缩在天花板附近的那群海

星。“嘿，你们好！”她双手拢成喇叭状，放在嘴边喊道，“我们需要你们的帮助，可以用你们的管足封住玻璃上的裂纹吗？”

海星转向了小艾的方向。但海星无法说话，只好通过腕足拼写字来跟她交流。只见它们聚在一起，拼出了两个字“试试”，然后它们以最快的速度向有裂纹的玻璃移动。在外面，哈鲁基用

触手环住玻璃，让玻璃固定住。震动逐渐减弱，海星把自己调整到合适的位置，把吸盘贴在玻璃的裂纹上。随着一阵响亮的“嗞嗞”声，裂纹被封住了。小艾终于松了口气。

“想法不错，”阿蒂跳到她身边，说道，“等我们把患者们疏散出去，就可以从外面修复玻璃，也可以让海星离开了。”

小艾沮丧地看着患者们游来游去，最后慌慌张张地游出食堂。“是的，但我们没机会从它们身上获得三目镜的线索了。没有三目镜，我们就没办法搞清楚造成这一切的原因！”

“我们可以分头询问前哨站的所有动物，”阿蒂做出了决定，“你去南边和西边的病号舱，我去北边和东边的。”它捋了捋胡子。“我一直在想谁会打三目镜的主意。你觉得小偷是想阻止我们调查吗？”

小艾眨了眨眼睛，说道：“为什么有人想那么做？”

“我不知道，”阿蒂说道，它目光炯炯，盯着离开的动物们，“这就是你和我需要搞清楚的事情。”

第六章

那天上午晚些时候，小艾坐在一间椭圆形治疗舱的湿凳子上，打开她的《自然笔记》。她在日程表上看到沃利正在等一头鲸来做牙齿保健，但她不知道具体是哪种鲸。她弹掉笔记本页面上的几滴水珠，翻看自己做的笔记。

破冰营救

执行者

艾格尼丝·甘布尔、阿滕伯勒

进度

采访斯派尔协会22号前哨站的患者是个极具挑战性的任务。大多数动物在水池里接受治疗，我不得不游泳或是浮潜到它们的病舱里提问。我希望阿滕伯勒特工无论现在在哪里，都能进展顺利，能获得一些有用的信息。一想到前哨站里可能有谁想要阻止我们调查，我就无比紧张。

采访记录

物种：雪人蟹（基瓦多毛怪）

名字：安塞尔

说明：安塞尔属于一种罕见的甲壳类动物。它的钳子上长满了丝状的金毛，看起来很蓬松。它到前哨站是为了接受听力方面的治疗。

我：你在前哨站看到过什么可疑的动物吗？

安塞尔：在前哨站倒没有。不过前几天，你不会相信的，我看见了一群穿戴整齐的阿德利企鹅，它们都打着领结！它们下潜的位置也比平常深很多。我真的很好奇它们为什么会那么做……

物种：海星（南极海星）

名字：希妮

说明：希妮是在之前那次剧烈震动中拯救了食堂玻璃的海星家庭的成员。它没有嘴，通过腕足拼写字回答问题。

我：除了我和阿滕伯勒特工，今天早上你有没有注意到还有其他动物离开过全能蛙？

希妮：没有。

我：你能告诉我这里最近发生过什么奇怪的事情吗？

希妮：破冰团。

读完采访记录，动物们的回答开始不停地在小艾的脑海中翻涌。她不仅没有弄清楚是谁偷了他们的三目镜，现在反而有了更多的疑问：阿德利企鹅为什么会下潜得比平常深？破冰团究竟是什么？她抬起头，看到沃利拿着一把软毛大刷子，慢吞吞地走进来。

“这是你用来清洁鲸牙齿的工具吗？”小艾问道。

“确切地说，不是牙齿。”沃利回答道，“待会儿要来的是奥科萨娜，它是一头年轻的南方小鳁鲸，它的鲸须里总是夹带着各种塑料。到前哨

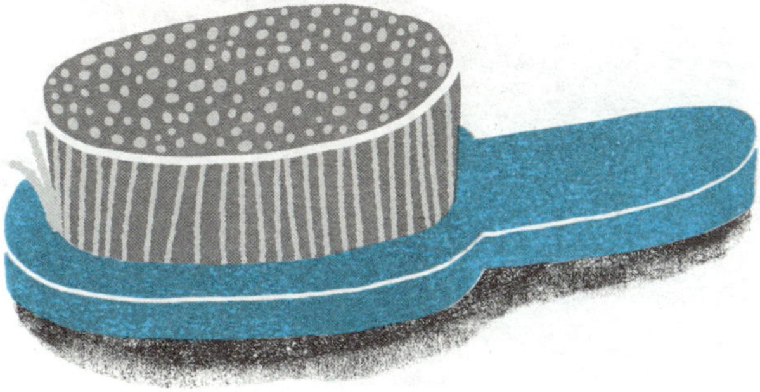

站，我们会帮它清理干净。”

小艾知道，鲸须长在某些鲸的嘴巴边缘，主要用于过滤海水，帮助它们获取食物。

水池里泛起了一阵涟漪，随之一头鲸的紫灰色的脑袋冲出了水面，水花溅到了小艾的保暖制服上。看起来，奥科萨娜的身长至少有五米（小艾看到它的尾巴一直延伸到舱外），从嘴尖到头顶的呼吸孔有一道独特的隆起，它全身的皮肤非常光滑。

“你好啊，奥科萨娜，”小艾说道，“我是甘布

尔特工。别紧张，我只是想问你几个问题，我正在调查最近导致前哨站被破坏的震动发生的原因。”

“尽管问吧，”奥科萨娜用它那低沉而悠扬的声音说道，这令小艾感到放松，“清理鲸须多少有点儿不舒服，能跟人聊聊天可以分散我的注意力。”它清了清呼吸孔，发出略带伤感的哼哼声，“之前来这里清理鲸须，我的朋友希克利都会陪着我，但我已经好几天没有看到它了。”

“希克利也是小鳁鲸吗？”小艾问道。

奥科萨娜摇摇头，溅起一串水花，回答道：“它是一只阿德利企鹅，我正在到处找它。它的毛色很特殊，是棕色的，按理说应该是很容易被发现的。”

一只棕色羽毛的阿德利企鹅……

小艾愣了一下，说道：“奥科萨娜，我想我昨天可能见到过希克利！它是不是听力不太好，还不爱说话？”

奥科萨娜眨了眨近端的眼睛（跟小艾的拳头差不多大）说道：“不，你说的好像不是希克利。希克利是真正的话匣子，跟它在一起时，我基本插不上话。”

小艾皱起眉头，把奥科萨娜对希克利的描述记在她的《自然笔记》里。她对奥科萨娜说道：“我看到的那只阿德利企鹅脖子上戴着一个追踪装置，看上去像是银色的领结，中间还有一个绿色的闪光灯。你之前看到希克利……”

还没等小艾把话说完，沃利手里的大刷子便掉到了地上，发出“当”的一声。

“一个有绿色闪光灯的银色领结？”沃利的蹄子焦急地在地板上跺来跺去，不停地叫着：“天哪！天哪！斯派尔协会的任务清单里提到过那种领结，那根本不是追踪装置！它是斯派尔协会的敌人开发的一种小工具，采用了被禁止的金小蜂①技术，用来控制佩戴者的思想！”

小艾震惊得头皮发麻，精神控制装置……？怪不得那些阿德利企鹅的表现会那么奇怪。想到这里，她急忙冲向门口，说道：“它们被控制了！我得告诉阿蒂。”

小艾和沃利一起离开牙科病舱，冲向前哨站大楼。奥科萨娜举起它的鳍状肢，向他们告别。

---

①一种生活在热带地区的寄生蜂，它体内含有一种叫作“章鱼胺”的毒素。通过释放这种毒素，金小蜂可以控制其他昆虫的神经，从而寄生在它们的身上。

“阿滕伯勒特工几分钟前在北楼，采访了一只怀孕的海蜘蛛。”沃利边跑边说，“我刚才在来的路上遇到它了。”

他们找到那间病舱时，发现门是开着的，那只海蜘蛛正在努力从一张网里挣脱，但阿蒂不见了。

“他们把它抓走了！”海蜘蛛哭着说道，“一切发生得太快，我没看清楚是谁干的。”

小艾注意到地板上有一根棕色羽毛，赶紧捡了起来。当她意识到究竟发生了什么时，她的心狂跳不止——阿蒂被绑架了！

第七章

小艾、拉胡尔、蒂塔和沃利很快来到前哨站简报室的桌边坐下。小艾举起那根棕色羽毛，以便大家都能看清楚。“这是我在阿蒂被抓走的那间舱室里找到的。”她告诉大家。

蒂塔抬起头，仔细查看那根羽毛，转了转眼珠确认道：“企鹅。”

小艾点点头，说道：“我想这根羽毛可能属于一只罕见的棕色阿德利企鹅，它叫希克利。斯蒂尔夏普给她的领地里的所有阿德利企鹅都戴上了领结，一定是她在控制阿德利企鹅。我只是不明白，她为什么要命令希克利绑架阿蒂！”小艾思考了一遍又一遍，斯蒂尔夏普是个动物爱好者，所以，现在发生的一切说不通啊。

沃利打开桌上的笔记本电脑。“我想这份报告或许能解释清楚这件事。”它神情严肃地说道，“我们刚刚收到斯派尔协会总部发来的报告，幸好阿滕伯勒特工昨天帮我们修好了通信设备，不然我们现在都收不到。”

屏幕上出现了六个大字：最高机密情报。

然后，一段视频开始播放。屏幕上出现的是穿着棉外套的辛西娅·斯蒂尔夏普，她身体吊在山崖的一侧，正在拍摄一部关于鹗鹰的纪录片。接下来是斯蒂尔夏普在同一片山区，用炸药炸开了一座被藤蔓缠绕的古庙的石门。“对于大多数人来说，”一个画外音响起，“辛西娅·斯蒂尔夏普是一位获奖纪录片的制作人和珍稀鸟类研究专家。然而，斯派尔协会发现，此人过着双重生活。”

视频继续播放，出现了斯蒂尔夏普闯入沙漠陵墓、掠夺阿兹特克黄金、盗掘古代墓葬的画面。

“斯蒂尔夏普不遗余力地组织雇佣兵盗掘宝藏。在此过程中，她和那些雇佣兵破坏了数百种植物与动物的栖息地。”画外音继续，“而且，她把盗掘的文物拍卖给出价最高的人——其中一些是斯派尔协会已知的敌人。斯蒂尔夏普被认定为危险分子，且十分危险。”

到视频结束时，小艾攥紧了拳头，她本可以早一点儿相信自己的直觉。她在斯蒂尔夏普的帐篷里看到的一切——排放污染物的发电机、地图、标记“拍卖”的日历，现在都说得通了。“一直以来我们都以为斯蒂尔夏普致力于环保事业，实际上她却是在破坏环境。”她愤愤地说道，心里想的是当阿蒂得知这一切时，它该有多失望……

拉胡尔摇了摇头，叹了口气，说道：“我不

明白，南极洲并没有古代宝藏，斯蒂尔夏普来这里做什么？”

古代宝藏……小艾突然想到了什么。她把笔记本电脑拉过来，在搜索栏里输入“南极洲沉船”几个字，然后快速浏览搜索结果。“一只叫哈鲁基的大王酸浆鱿告诉我，它经常睡在附近的古代沉船里，”她解释道，手指在屏幕上快速划动，“就是这个。根据一项历史研究可知，有一艘运宝船于几百年前遇到暴风，在阿根廷南部海域沉没。沉船被封在冰面之下，离这个前哨站不远。”她重新翻阅自己的访问记录，推测道，“这可能就是阿德利企鹅下潜到比平常更深水域的原因——也许斯蒂尔夏普在命令它们寻找沉船？”

“我敢打赌，这些日子发生的震动也是斯蒂尔夏普搞的鬼，”拉胡尔眯起眼睛，补充道，“还有你们被偷走的三目镜，不然这一切就发生得太巧了。”

蒂塔平静地点点头，若有所思。

所有线索都已经很清晰了，除了一个。

“但是……我还是不明白，斯蒂尔夏普为什么要绑架阿蒂。”小艾说道。一想到她的同伴身处险境，她就心急如焚。假设现在是另外一种

情况，被绑架的人是她，阿蒂一定知道该怎么办。“我们必须去救它，”小艾站起身，宣布道，“先把阿蒂和阿德利企鹅救出来，然后我再去处理震动的问题。”

“我跟你一起去。”沃利说着从它那把格外大的椅子上站起来，“一想到那些可怜的、任人摆布的阿德利企鹅，我的蹄子就忍不住跺地板。我

们必须拯救它们。”

“嘿，没有我，恐怕你们没法执行救援任务吧。”蒂塔跳到沃利背上，说道，“算我一个。”

拉胡尔看着他们三个，不安地说道：“那么，救援队集结完毕。我在前哨站留守，只是……你们要小心。”

来到冰面上，小艾拉下面罩，发动水獭雪橇的引擎。她的计划很简单，冲到斯蒂尔夏普那里，摘下阿德利企鹅的领结，救出阿蒂。“抓紧了，各位！”她提醒两位同伴，“我们速战速决。”

她踩下油门，雪橇如同野马脱缰一般向前冲去，载着他们在冰原上飞驰。风在他们耳边咆哮着，小艾感到自己的耳朵里嗡嗡作响。南极的风光在蓝白相间的模糊中一闪而过。

为了保持雪橇平衡，小艾坐在最前面，沃利在中间，蒂塔在最后。这种坐法特别不舒服，因为沃利的角时不时会戳到小艾的脑袋，但这是他们三个能选择的最佳位置。

当他们在冰原上疾驰时，小艾的思绪又回到阿蒂被绑架的问题上。只有登记在册的患者和工作人员才能进入前哨站，所以希克利一定是得到了前哨站内部人员的策应。她确定他们中间有叛徒，这个想法让她不由得咽了口口水……

“太神奇啦！”沃利攥着水獭雪橇的把手喊道。

蒂塔想回应，但它黏黏的长舌头刚吐出来，便贴在了面罩上。

小艾从没想过水獭雪橇的速度可以如此之快，但一想到阿蒂不在身边，她便没法享受这份畅快。

突然，仪表盘上的红色警示灯闪了起来，水獭雪橇的速度慢了下来。

“怎么了？”沃利问道。

小艾检查了控制装置，说道：“我不确定，应该是雪橇脱离了设定的模式。”他们开始检查周围的环境，小艾注意到一道蓝色裂缝撕开了冰面，而那裂缝正在向他们逼近。这时，她的靴子感受到了震动。“是震动——又来了！”

当冰面彻底裂开时，雪橇开始摇晃。“坚持住！”沃利吼道。蒂塔惊慌失措地尖叫起来，雪橇在急驰中一下侧翻，滑向了裂缝边缘。

第八章

一切都是那么突然，他们连人带雪橇一起坠入了深沟。沃利伸出头，把角插入冰壁中。小艾用胳膊勾住雪橇把手，紧紧伏在上面。雪橇掉在了一个冰架上，在几米深的积雪上颠簸了几下，最后停了下来。

小艾松了口气，转过身，却发现雪橇后边是空的。“蒂塔！你在哪儿？”她一阵心悸。

“我在下面！”

小艾从雪橇侧面望过去。只见蒂塔被困在另一个冰架上，在冰沟更深处。

“我没事！”蒂塔喊道，“只是上不去。”

小艾在背包里翻找绳子，这时沃利已经利用它冰镐似的蹄子爬了上去，回到了冰面上。

它向下面大喊，声音在深沟里回荡：“小艾你先救蒂塔，再把绳子拴在雪橇上，将另一端扔给我，我拉你们俩上来！”

然而当小艾把绳子放下去时，她的心却彻底沉了。绳子太短了，只有她与蒂塔距离的一半！她记起之前在斯派尔协会接受的培训，只要有合适的设备，她就能爬到下面，把蒂塔救上来。然而她需要的所有设备都在全能蛙上。

“别担心我，”蒂塔大喊，“我可以给拉胡尔发无线电求救，在这里等他来救我！”

小艾咬着嘴唇，不知如何是好。此刻，她多么希望阿蒂在这里。阿蒂曾经对她说，做艰难的决定也是成为特工的必备能力，现在她明白了这句话是什么意思。“好吧，”小艾同意了，“但是，等拉胡尔过来，你能第一时间给我们发无线电，让我们知道你没事吗？”

蒂塔保证说它会的，然后便向小艾挥手道别。沃利把小艾和雪橇一起拉了上来。小艾怀着低落的心情发动引擎，跟沃利一起迅速离开，把蒂塔留在身后。

很快，斯蒂尔夏普的帐篷出现在视野当中，周围是数百个废弃的阿德利企鹅巢。

“你觉得那些阿德利企鹅去哪儿了？”沃利小声问道，不知不觉他们已悄悄来到帐篷附近。

小艾注意到现场很混乱，据此推测阿德利企鹅是匆匆离开的。“我不知道，但我们最好保持警惕。”说着，她把耳朵贴在帐篷的帆布上，却没有听到任何声音。在确认四周没有危险后，她钻进了帐篷。

帐篷里没有开灯，小艾借着帐篷口处的光亮仔细察看。斯蒂尔夏普的豪华天鹅绒沙发和长绒地毯都已湿透了，上面覆盖着阿德利企鹅的羽毛。地上有摔成碎片的玻璃彩灯，以及从书架上掉下来的几本书。

“在那里！”沃利指着远处说道，“那个似乎就是控制领结的发射器。我们应该把它毁掉，救出那些阿德利企鹅。”

顺着沃利蹄子指的方向，小艾朝远处的角落走去，那里果真有一个奇怪的装置，闪着绿色的光。在它下面，有东西在动。

小艾眯起眼睛，不由得深吸了一口气。在斯蒂尔夏普摆放着古董的地板上，是被捆起来的阿蒂！它被绑着，嘴里塞着一个坏柑子。

“呜呜呜！”一看到小艾，它就努力发出声音，“呜呜呜！呜呜呜！”

“别担心！”小艾告诉搭档，“我来搞定。”

谁知她刚向前迈出一步，就看到好多双阿德利企鹅的眼睛在不安地闪烁着。阿德利企鹅蜷缩在椅子后面、桌子下面，还有古董之间、箱子里面……

它们领结上的绿灯正在疯狂闪烁。

“当心！”沃利喊道，“这是个陷阱！”

毫无征兆地，一只阿德利企鹅从书架上跳下来，对着小艾便是一脚。小艾反应极快，迅速闪到一边。阿德利企鹅落地后摇摇晃晃地站起身，一脸茫然。“非常抱歉，”它解释道，“我好像没法控制……”正说着，它突然抬起了鳍状肢。“哦，老天，我好像又要攻击你了。”

当小艾再次躲开时，又有三只阿德利企鹅加入了攻击她的队伍。

“我向你道歉！”

“请原谅！”

“对不住啦！”

沃利突然冲出来，把阿德利企鹅暂时吓退。“我来拖住它们，”它对小艾说，“你先去救阿滕伯勒特工，然后把发射器摧毁，快！”

小艾握紧拳头，把注意力集中在阿蒂身上。不管是谁，都不能阻止她救出自己的伙伴。

穿过帐篷的过程中，她闪过了一只从屋顶扑下来的阿德利企鹅，又躲过了几只会功夫的阿德利企鹅。越来越多的阿德利企鹅从四面八方钻出来攻击她，嘴上说着抱歉。

“太对不起了！”一只阿德利企鹅嚷着，对着她的膝盖重重一击。

“请原谅我们！”另一只滑铲过来的阿德利企鹅乞求道。

一只阿德利企鹅开始扔古董板球，试图把小

艾绊倒。小艾竭力保持住平衡，躲了过去。她终于来到帐篷另一侧，回头望了一眼沃利，它现在仿佛一棵毛茸茸的大松树，上面挂着许多阿德利企鹅挂件。

阿蒂近在咫尺，然而还有一只阿德利企鹅挡在小艾面前。那只阿德利企鹅抱着短短的鳍状肢，一脸困惑，身上的棕色羽毛乱糟糟的。

是希克利。看到这只失踪的阿德利企鹅依然平安，小艾松了口气，但她现在需要冲过它的阻拦。

想起她之前接受培训时学到的秘密作战方法——动拳道，小艾把两腿分开，将胳膊伸过头顶。她要在不伤害希克利的情况下，让它暂时失去行动能力。她知道有一个动作可能有效——飞蛾擒抱。

小艾弯曲双膝，然后突然跳起，向前扑过去，张开双臂。她的双手伸到希克利身体合适的位置，轻轻地捏了捏它。

效果立竿见影：希克利的鳍状肢麻了，动弹不得。它马上失去了平衡，只见它晃了两下，便栽倒在原地。

时间紧急，小艾从希克利身上跳过去，找到发射器的电源线，拔掉了插头。希克利领结上的绿灯闪了闪，灭了。

这时，希克利眨了眨眼，揉了揉脑袋。“哎哟，”它呻吟道，“我的头怎么这么痛？”

“待会儿就好了，”小艾一边安慰它，一边轻轻抚摸它的肩膀，“我们是斯派尔协会的特工，是来帮助你们的，我保证。”

帐篷里，阿德利企鹅领结上的灯全部停止了闪烁。刚才攻击沃利的阿德利企鹅已经从它身上滑了下来，瞬间地板上出现了一个由掉落的阿德利企鹅形成的“小山丘”。

“没事了，”沃利说着，把阿德利企鹅扶起来，“你们经历了相当大的磨难，但一切都会好起来的。”

阿德利企鹅得到关照的同时，小艾赶忙来到阿蒂身边，从它嘴里取出那个已经沾满唾沫的坏柑子，然后解开绳子，问道：“你还好吗？”

“我觉得自己真是一只蠢象鼩，”它抽了抽长鼻子，说道，“我本该听你的，你的直觉没错。她不是如我所想的好人，竟然用坏柑子堵我的嘴，真可耻！”阿蒂的神情沮丧，虽然最后一根绳子已经被解开扔在了地上，它仍然不肯抬头，一直盯着自己的脚，说道：“对不起，我不是个合格的特工，也不是个可靠的搭档。”

小艾再也忍不住了，她抱起阿蒂，把它紧紧地揽在胸前，说道：“你是我最好的搭档！我很担心你！”

“我知道你会来找我。”阿蒂说道，它的神情还是有点儿低落。不过，小艾的拥抱给了它很大的安慰，它很快就从小艾的怀里挣脱出来，蹲在地上，大声说道：“现在我们得抓紧。我已经发现

了引发震动的原因！”阿蒂带着小艾穿过这些还没搞清楚状况的阿德利企鹅，来到帐篷另一边的一张桌子前。桌上有一张摊开的设计图，上面是一艘经过特殊改装的潜艇平面图。它的一端是螺旋桨，另一端是布满锯齿的金属钻头。

小艾沮丧地读着图纸上标注的名称：猛犸钻头－深海冰锥潜水艇。

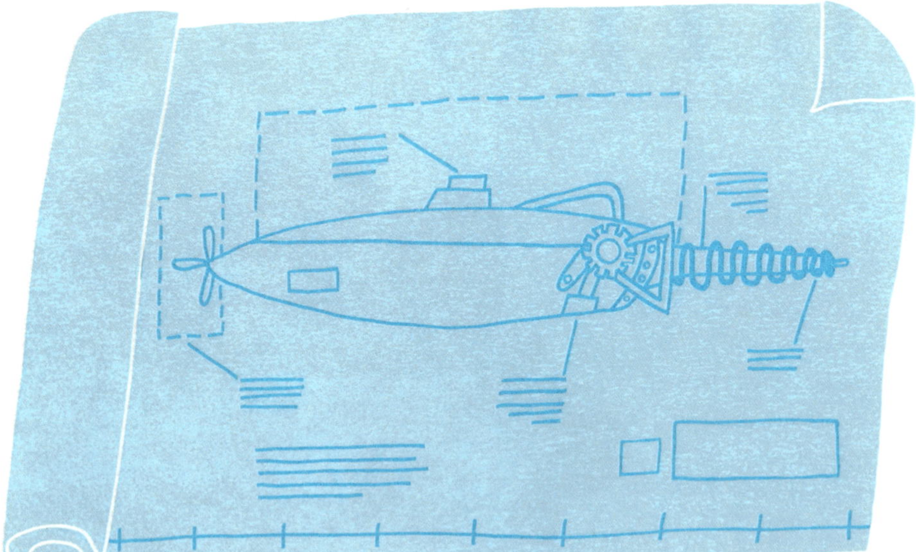

猛犸钻头－深海冰锥潜水艇

“斯蒂尔夏普命令阿德利企鹅为她制造了这艘潜水艇。”阿蒂说道。小艾仔细研读图纸的细节，发现这艘潜艇似乎是为钻入冰层设计的。“它的动力非常强大，斯蒂尔夏普每次使用它，都会在周围几千米的范围内产生冲击波。她把那个可怕的领结戴在我的脖子上，强迫我告诉她如何使用三目镜，这样她就能找到藏在冰层下面的东西，把它钻出来。”

“就因为这个她绑架了你，”小艾恍然大悟道，“没有你，她就没法使用三目镜。”她跟阿蒂分享了关于附近沉没的运宝船的情况，对它说道：“我已经记下了它的坐标。”

阿蒂满意地向小艾点了点头。“这就对了！她想找的就是这个。只要去坐标那里，我们应该就可以找到斯蒂尔夏普和潜水艇。”它的胡须抽动了一下，接着说道，“还有一件事，我听到斯蒂尔夏普提到她在前哨站有帮手。不管是谁，一定是那家伙偷了三目镜。”

小艾心里一阵难过。她的猜测是正确的——前哨站有叛徒。

“阿德利企鹅们都头晕得厉害，”沃利一瘸一拐地走过来，说道，“要尽快把它们送到前哨站接受治疗。”

小艾看着阿蒂，知道它跟自己想到了同样的事情：前哨站里很快就会挤满患者。在这之前，他们必须尽快阻止斯蒂尔夏普使用猛犸钻头-深海冰锥潜水艇。“你可以用我们的全能蛙，”小艾对沃利说，“全能蛙能挤下的。我和阿蒂去阻止斯蒂尔夏普。”

从保暖制服的面罩里抬起头，阿蒂望着小艾，说道：“听你的吩咐，搭档！”

阿蒂的话音刚落，小艾便把它抱上自己的肩

头，他们以最快的速度回到水里。

阿蒂甩了甩尾巴。“我有一个计划，”它伏在小艾耳边说道，“但要想奏效，必须在不被斯蒂尔夏普发觉的情况下接近钻头。”

小艾回想起自己在接受特别训练时学到的伪装术，马上计上心头……

第九章

在水下深处，小艾浮了起来，她的双臂并在身侧，整个人被包裹在黏糊糊的衣服里。她和阿蒂利用巨大的南极海藻碎片缝制了这件衣服。南极海藻很厚，还是棕色的，摸上去像是橡胶，很适合伪装成一种动物：南方象海豹。

“如果坐标是对的，我们应该很快就会见到斯蒂尔夏普。”阿蒂说道，它待在小艾脚下，负责撑起“南方象海豹”的尾巴，小艾则负责操纵“南方象海豹”的头。他们必须默契配合，才能让“南方象海豹”的动作显得自然。“左转25度。”阿蒂指挥道。

小艾把身体向左侧倾斜过去，晃了晃臀部，摆动起“南方象海豹”的鳍状肢。等一切准备好以后他们就出发了。

小艾戴着保暖制服的防水面罩，努力透过“南方象海豹”的嘴巴向外看，这是一个黑暗、神秘的地方。在向前游动的过程中，她只能听到自己身上的呼吸装置发出的嗡嗡声。

突然，她注意到远处有灯光在闪烁。慢慢靠

近，当猛犸钻头–深海冰锥潜水艇的锯齿状钻头从阴影中现身时，小艾不由得一阵紧张。它看起来似乎比设计图上的更大、更尖锐。小艾打了个寒战，注意到了端坐在驾驶室里的斯蒂尔夏普，只见她手里拿着偷来的三目镜，正举在眼前四处观察。一艘被海草覆盖着的运宝船的船头露在冰层之外。小艾可以看清它的大致轮廓。

“根据设计图上的标示，我们得去潜艇下面，找到控制板。那里有一个拉杆，拉动它可以锁定钻头。”阿蒂说着，抖了一下“南方象海豹”尾巴，加速向前。小艾屏住呼吸，她看到斯蒂尔夏普放下了三目镜，正看向他们。

斯蒂尔夏普眯着眼睛，看到只是一只无害的南方象海豹游过，便转过头去了。

呼！小艾松了口气，但是她的心脏仍然狂跳不止。她摆动身体，让“南方象海

豹”潜到潜艇下面，寻找控制板所在的位置。“好了，现在我们可以脱掉伪装了。”她一边对阿蒂说，一边把腿蜷起来叠在胸前，用力向下一蹬，从“南方象海豹”肚子的开口处冲了出来。

“我们得抓紧时间。”阿蒂催促道。它是从“南方象海豹”尾巴的洞里钻出来的。说话间，阿蒂递给小艾一把螺丝刀，接着说道：“斯蒂尔夏普随

时都有可能发现我们。”

小艾并没有练习过拆解水下机械设备，她只好集中精力对付控制板。拆开挡板，她发现一排六根不同颜色的拉杆。“我应该拉哪一根？”

阿蒂使劲抽动长鼻子，绞尽脑汁也想不出什么好办法，只好无奈地说道：“我不知道，设计图上没写！”

小艾开始回想阿里斯托芬对她进行的机械培训。时间越来越紧迫，她鼓起勇气，拉动了那个紫色拉杆，然而钻头并没有停止，倒是潜艇的后螺旋桨启动了，水流被它带了过去。

阿蒂只能疯狂游动，以防被螺旋桨吸走。“肯定不是这个！”它冲着小艾喊道。

小艾赶紧把紫色拉杆推回原位，又试了红色的。这次潜艇的螺旋桨停了下来，发出“当”的一声巨响。三个气泡像热气球一般从潜艇尾部升

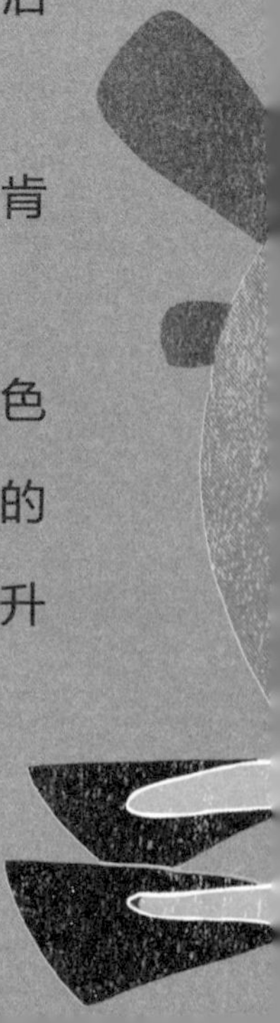

起，但驾驶室的灯依然亮着，钻头的引擎仍呼呼作响。

“那个也不对！”阿蒂焦急地说道，“到底——”它的话还没说完，便忽然不见了。接着一个愤怒的声音从小艾的头上方传来，她不禁脊背发凉。

“我早该知道你们两个会坏我的好事。”

小艾转过身，看到斯蒂尔夏普正向她游来。她穿着潜水服，头上戴着内置麦克风的头盔，一

手抓着阿蒂的脖子，一手拿着鱼叉枪[1]。

“你们这些斯派尔协会特工都一个德行，”斯蒂尔夏普不屑地说道，“偷偷摸摸，多管闲事。”她紧紧抓着阿蒂，阿蒂拼命扭动身体，想要挣脱。“现在，你要是不想让你的搭档身上的洞比渔网上的还多，就给我从控制板前滚开！”

①一种渔具，前端是一把带刺的矛，连在一根长绳上。据说起源于原始时代，现在很多古老部落仍然在用它捕鱼。

小艾非常紧张，不知如何是好。一方面阿蒂的处境很危险，另一方面如果斯蒂尔夏普再次使用钻头，整个前哨站可能会保不住。

“我们已经知道你真正的目的了，斯蒂尔夏普，”阿蒂勇敢地喊道，“我们是不会让你在寻找宝藏的过程中继续破坏生物栖息地的！”

斯蒂尔夏普狂笑不止：“就凭你们，怎么阻止我们？”

我们？小艾一时不明白斯蒂尔夏普说的是什么意思，直到一只四条腿的小动物从潜水艇驾驶舱里出来，向他们游过来……

蒂塔？小艾倒吸了一口凉气，这条变色龙现在正挥舞着跟斯蒂尔夏普一样的鱼叉枪。“我以为你被困在冰缝里了！”小艾显然无法理解蒂塔此时怎么会出现在这里。

蒂塔冷笑道：“让你费心了，我早就用自己的办法逃出来了。我只是让你相信我被困住了，就像我让你相信我是可怜的、被抛弃的蒂塔一样。其实，我的名字是斯凌克。”

小艾震惊地盯着蒂塔——或者说，斯凌克——在脑海中把找到的线索拼凑在一起。“你就是那个一直在帮斯蒂尔夏普的内应！”小艾的身体因震惊而有些无力，“是你偷了我们的三目镜，还帮希克利绑架了阿蒂！”

“没错，”斯凌克说道，眼睛里闪烁着狂傲的光芒，“要执行秘密任务，我的伪装术就派上用场了。辛西娅在我还很小的时候就发现了我的天赋，把我训练成了宝藏猎人，就像她一样。”它用鱼叉枪指着小艾，说道：“现在，离我们的潜艇远一点儿！快滚开！”

小艾向后退了几步，肩膀抵在了潜水艇上。没有退路了。她环顾四周，努力寻找办法，突然她想起控制板还开着，于是迅速游过去，再一次拉动紫色拉杆。

随着一声呼啸，潜艇尾部的螺旋桨开始反向转动，把所有东西都吸了过去。

“什么——”斯凌克拼命游动，试图逃走，然而无济于事。眼看自己距螺旋桨越来越近，它赶紧把鱼叉枪射向运宝船周围的冰层，鱼叉枪插进了冰层里。伴随着呼啸声，鱼叉枪的绳索被抻直了，斯凌克紧紧抓住绳索，试图恢复平衡。斯蒂尔夏普本想继续抓着阿蒂，但为了确保能把鱼叉枪射进冰层，她只好放开了阿蒂。

当两根鱼叉枪都插进冰层后，小艾灵机一动，把紫色拉杆拉回原位，然后游到阿蒂身边，提议道：“你来引斯凌克顺时针绕过潜艇，我引斯蒂尔夏普逆时针来追我，好吗？”

阿蒂点点头，朝着斯凌克所在的方向吹起了口哨。“想要财宝？你得先问问

我答不答应！”阿蒂嘲讽道，然后它迅速游走。斯凌克被气得浑身变成了红色，拿着鱼叉枪追了过去。

斯蒂尔夏普对小艾怒目而视，警告道：“这是斯派尔协会头一回、也是最后一回坏我的好事，我保证！”她把鱼叉枪夹在胳膊下面，用脚蹼猛蹬海水，向小艾扑过来。

小艾以闪电般的速度游走，她绕着潜艇朝阿蒂的反方向游动。斯蒂尔夏普和斯凌克紧追不舍，他们每绕一圈，鱼叉绳就会变短一截、变紧一些。在他们反应过来之前，他们已经被缠在一个绳结上了。

他们都放开了鱼叉枪，但为时已晚。

“什么——？”斯凌克在水中拼命挣扎，身体随之变得五颜六色。

“呃，离我远点儿！”斯蒂尔夏普尖叫着，她愤怒地扭动身体，想要从鱼叉绳下面逃走。但他们绕的圈太多了，绳子缠得很紧。最后斯蒂尔夏普和斯凌克都被固定在了潜艇外面。

最终他们放弃了挣扎，准备接受无法逃脱的命运。阿蒂先跟小艾击掌庆贺，然后冷冷地看着斯蒂尔夏普。“我曾经竟然还把你当成偶像！”它叹了口气道，“你搞破坏的日子到头了，你永远都不能再破坏动物或植物的栖息地了。斯派尔协会的司法部门一定会让你认罪伏法！”

第十章

稍后，在前哨站的简报室里，小艾用手指轻轻地敲着桌子。阿蒂在她身边不停地摇着尾巴。“随时都有可能，”阿蒂说道，它目不转睛地盯着笔记本电脑屏幕，“菲尔指挥官一向很守时。”

“你觉得它会说什么？”小艾问道，“它现在肯定已经读完了任务报告。”

“我不知道，”阿蒂有些紧张地说道，“我们的搭档关系受到了考验。它会提几个问题。”

就在此时，屏幕闪了一下，随之出现了一个画面：菲尔指挥官坐在斯派尔协会总部的办公室里，它面前的桌上放着一份纸质文件，封面上写着“破冰营救任务报告”。“看来这次南极之旅任务的难度不小啊，”它声音沙哑地说道，“被绑架、遇到叛徒、冰上事故……”

小艾心里一沉，想到了所有出错的环节。要是她没有掉进那个裂缝，或者早点儿识破斯凌克的身份就好了……

“告诉我，你们觉得在这次任务里犯的错误，最严重的是哪一个？”

阿蒂向小艾递了一个困惑的眼神，“最严重的错误？这很难讲，先生，”阿蒂回答道，“我们犯的错误实在不少。”

把问题在脑海里回想了一遍后，小艾意识到了什么，脱口而出：“我们犯的错误都很严重。只有从那些错误中吸取教训，我们才能成为斯派尔协会优秀的特工。”

菲尔指挥官的脸上露出了笑容。“说得好！”它用力拍了拍翅膀，“从自己和搭档的错误中吸取经验、提高能力，那么你和你的搭档都会成为出色的特工。如果每次执行任务都很顺利，恐怕永远也没法成为能够随机应变的外勤特工，对吧？这样一来，我敢说，等下次执行任务，你们一定会变得更强大！”

外面，前哨站坑洼不平的走廊里热闹非凡。空气中回荡着各种各样的交谈声，披羽的、生鳞的、带壳的、长触手的……各种动物来回穿梭、游来游去。虽然考虑到有一大群阿德利企鹅加入进来，前哨站的动物也还是比小艾印象中的多了许多。这是什么情况？

“阿德利企鹅们恢复得不错。”阿蒂偷偷望向病舱议论道。小艾从它的脑袋上方看过去。房间里有几只阿德利企鹅，它们裹着浴袍，正躺在石凳上休息。她长舒了一口气，庆幸领结的副作用没有持续太久。

走廊上传来了脚步声。“你们拯救了前哨站！”拉胡尔一边喊着，一边向小艾和阿蒂扑过来，“太感谢你们了！”他拥抱了小艾，拍了拍阿蒂的脑袋（阿蒂提前抱起双臂，对拥抱表示拒绝）。“现在我们可以着手修复震动造成的破坏，不用再提心吊胆了。”

“而且我们可以继续进行之前的重要工作了。”

沃利一瘸一拐地跟上来说道。

阿蒂站直了身板，挺起胸膛，感激地说道：“嘿，要是没有你们两个，我们也不可能完成任务。他们说得没错，只要加入斯派尔协会这个大家庭，你就无须孤身奋战。”

瞬间，一股暖流流过小艾的心头，她为阿蒂的话而感动。成为斯派尔协会的一员，意味着无论走到哪里，都能遇到朋友——即便是在南极这样的环境中。

突然，走廊里安静下来。从远处传来一阵响动，接着两名斯派尔协会警卫出现在拐角，斯蒂尔夏普和斯凌克被夹在他们中间，步履缓慢。斯蒂尔夏普的深红色头发乱蓬蓬地披在灰色制服的肩膀上，制服背后写着“海洋清洁”四个大字。斯凌克也穿着跟她一样的衣服。

“他们会怎样？”小艾看着警卫押着斯蒂尔夏

普和斯凌克进入另一艘全能蛙，问道。

“他们会被派去收拾海洋中的垃圾，”沃利耸耸肩，解释道，“要我说，这种惩罚很合适。”

小艾点点头。但她知道，想要保护南极，需要的不只是抓住斯蒂尔夏普和斯凌克。前哨站的所有房间几乎都被生病的动物占用了，要拯救在

这片不可思议的区域定居的动物与植物，还有很长的路要走。

“你们听说运宝船的事了吗？”拉胡尔说道，“一个专业的保护小组正在赶来的路上，他们将负责安全地发掘船上的文物，然后把它们捐赠给阿根廷的一家博物馆，这艘船当年正来自那里。海星们说它们会考虑把沉船开发成酒店！”

还没等小艾回应，一只海螺以惊人的速度从走廊另一端冲了过来。“是它们！”海螺喊道，“破冰团！它们来了！”

破冰团？小艾担忧地看向阿蒂，他们以前听过这个词。“你们知道破冰团是什么吗？”她小声提问道。

“当然！”沃利和拉胡尔异口同声。他们拉开各自保暖制服上边的拉链，露出里面的T恤衫，上面印着一群企鹅，手里拿着麦克风。

“破冰团的全称是‘破冰企鹅团’，”拉胡尔解释道，“它们是世界上唯一一支由七种不同的企鹅组成的乐队，乐队成员都是斯派尔协会的前特工。”

“它们今天来这里举行‘全球巡演之南极站演唱会’！”沃利兴奋地补充道。

拉胡尔看了一眼手表，说道：“演唱会就要开始了。你们来吗？”

片刻之后，穿着保暖制服的小艾和阿蒂已经漂浮在南大洋当中。一座锯齿状的冰山耸立在他们面前。在半山腰的位置，有一个凿出来的舞台，后面是美丽的海星幕布，在黑暗的夜空中闪着耀眼的光芒。

华丽的舞台上站着七只企鹅，它们打扮得十分耀眼，整齐地排成一排。这七只企鹅大小不一，从小小的加拉帕戈斯企鹅到体形庞大的帝企鹅。其中两种——南跳岩企鹅和长冠企鹅——的

眼睛上方有醒目的黄色羽毛，还有一只小蓝企鹅——长着一双漂亮的蓝眼睛和蓝羽毛。小艾注意到，它们都佩戴着斯派尔协会的通信徽章。

“你好啊，南极洲！”其中一只胖胖的、黑白相间的帽带企鹅冲台下喊道，“准备好狂欢了吗？”

大家欢呼起来。观众中间拉起了各种条幅：“爱你们，破冰团！”“破冰团最棒！”小艾看到了沉浸在重聚欢乐氛围中的奥科萨娜和希克利。它们俩用鳍状肢拍打着水面，正在高声欢呼。就连哈鲁基也挥舞起了触手，露出如太阳一般灿烂的笑容。

舞台旁边的海草开始伴奏，然后破冰团唱起了歌：

如果你想在我们的大海里跳舞，
如果你想跟我们一起欢笑，
就请不要制造污染，
就请不要——乱丢塑料。
……

大家一起跳舞唱歌，搅动得海面上波涛起伏，浪花飞溅。阿蒂咧着嘴笑起来，指着动物群中一起一伏的南方象海豹圆圆的灰脑袋说道：“看来有人交到了朋友。”

小艾眯起眼睛，认出那正是之前她想交换情报，却让她白白浪费了一盒香蕉片的那头南方象海豹。此刻，它正在和另一只“南方象海豹”跳舞。那只“南方象海豹”是棕色的，皮肤非常松弛，像海藻似的——那不正是他们丢掉的伪装服吗？

“你想跳舞吗？”阿蒂向小艾伸出爪子，问道。

小艾微笑着说道：“当然！”

于是他们开始跳舞，阿蒂晃着尾巴，小艾扭着腰肢。她回想起他们一起经历了多么不可思议的事情。她已经想好了，等他们回到全能蛙，她要在《自然笔记》里写下这段精彩的经历：

破冰营救

执行者

艾格尼丝 · 甘布尔、阿滕伯勒

进度

破冰营救圆满成功！阿滕伯勒特工和我拯救了前哨站，救出了一群阿德利企鹅，找出了一名敌方间谍，还结识了一些新朋友。我还欣赏到了不可思议的南极景观——爸爸妈妈之前一定也欣赏过。我跟阿滕伯勒特工的配合更默契了，我们会成为最好的搭档，会变得更强大。只是不知道下次任务什么时候会来。

观察记录

*不是所有变色龙都值得信任。

*不要让阿蒂吃不到它最爱的南瓜子炸香蕉三明治。

*只有破冰团能让南极洲的动物们变得活力四射。

声明：为了增加童趣，本书原版采用双色印刷，而此次中文简体版也采用双色印刷，不反映实物的真实色彩。特此说明。

斯派尔协会总部
（毛毛脸猫咪食物大厦，大灰城）

破冰营救

任务类型	营救及调查
物种名称	阿德利企鹅

指派设备

全能蛙、三目镜、水獭雪橇、伸缩式长颈鹿高跷

安全级别：

最 高 机 密

派遣特工阿滕伯勒、甘布尔前往南极洲
执行任务：破冰营救

案卷编号：02104199505

最高机密

绝密

斯派尔协会
办公委员会

最高机密 安全级别:	任务编号: No.096

亲爱的读者：

又见面了，我是菲尔指挥官，代表斯派尔协会全体特工问候大家！

你们可能已经听说，阿滕伯勒特工和甘布尔特工刚刚在南极洲完成了一项任务，那是世界上纬度最高、风力最大、最寒冷的大陆。不幸的是，南极的生态系统正在受到威胁，变得越来越脆弱，需要我们的保护。

南极地区为什么重要？

我们所说的南极地区通常指的是南极洲，而南极洲的大部分地区位于南极圈。那里的土地被一层厚厚的冰覆盖，冰层运动形成了冰川和漂浮在海上的巨大冰架。这里是各种独特的海豹、企鹅和其他海鸟的家园。南极洲周围的水域还生活着大量海洋生物，包括鲸、海豚、鱼类，以及被其他海洋生物当作食物来源的浮游生物。南极洲的白色冰原能够把太阳光反射回太空，帮地球调节温度。多亏了它！

这里出了什么问题？

人类活动正在向地球大气层释放越来越多的二氧化碳，导致地球升温，我们称之为“全球变暖”，而南极半岛的升温速度比地球上其他地方的都要快。由于冰川融化，动物们正在失去它们的家园与繁殖地。在南大洋，很多海洋生物还受到了非法捕捞的威胁。延绳钩成了捕捉海鸟的陷阱；大量的捕鲸船则对鲸和海豚造成了伤害；塑料正在污染水体，鸟误食塑料会死亡，鲸的鲸须也有可能被塑料缠住，导致它们无法进食。

动物趣味档案

由于飓风，南极洲的温度可低至零下六十摄氏度，因此这里是非常严酷、难以生存的栖息地。这也就是为什么生活在这里的动物都进化出了极度符合这种环境的特点。有的动物皮肤非常厚，有的会有一层保暖的皮毛。还有一些动物，比如南极银鱼，能够自主产生“防冻剂”。尽管如此，这里的很多动物仍然面临着危险。

漂泊信天翁

漂泊信天翁拥有目前世界现存鸟类中最长的翼展。

它可以一连几个小时悬停在空中，不用拍打翅膀。

罗斯海豹的毛很短，它长有大得出奇的眼睛，还能在水下发出“警笛声”，这种声音能传到很远的地方。

一种以南极磷虾为食的小型鲸，在自然条件下寿命可达50年。

这种海鸟周身烟黑色，只有喉咙和下巴是白色的。它也在南极洲之外，比如南大西洋几个亚热带岛屿上栖息繁殖。

阿德利企鹅身材矮小，脾气暴躁。它可以屏住呼吸长达6分钟，还能潜到水面以下180米的深度！

帝企鹅能长到115厘米高，甚至能比6岁儿童还高！

在繁殖期，雄性帝企鹅负责孵蛋，雌性帝企鹅外出寻找食物。

长须鲸身体瘦长，身侧纯白，它是世界上体形第二大的鲸类。

刚出生的长须鲸宝宝就有6米长！

你可以做些什么？

了解你的碳足迹！

每个人都有自己的碳足迹，它指的是那些为了满足你的能源需求而被释放到空气中的二氧化碳等温室气体的量。当你坐车、开灯，甚至是吃牛肉汉堡时，都会导致碳足迹增加。好消息是，有很多简单的办法可以减少你的碳足迹，延缓全球变暖的进程。

关掉电源，绿色出行！

你可以通过在不使用时关掉灯和其他电器、关上房间门来保暖的方式节约能源。上学或是去朋友家，何不试着步行、骑自行车或者采用其他更有趣又环保的方式呢？

举办海滩清洁日活动！

塑料并不美妙。被我们丢弃的塑料制品进入海洋，常常被鸟类和海洋生物误认为是食物。你可以通过回收塑料包装、捐赠你不需要的塑料玩具给福利机构等方式实现塑料的循环利用。如果你住在海边，为什么不考虑举办一场海滩清洁日活动？叫上你的朋友和家人，大家一起收集塑料垃圾，使它们不被冲入海洋。

POBING YINGJIU

出版统筹：汤文辉　　　　责任编辑：宋婷婷
品牌总监：张少敏　　　　助理编辑：王丽杰
美术编辑：刘淑媛　　　　版权联络：郭晓晨　张立飞
责任技编：郭　鹏　　　　营销编辑：欧阳蔚文

AGENTS OF THE WILD 2: OPERATION ICEBEAK
Copyright © 2020 Jennifer Bell and Alice Lickens
Published by arrangement with Walker Books Limited, London SE11 5HJ.
Simplified Chinese edition © 2023 Guangxi Normal University Press Group Co., Ltd.
All rights reserved. No part of this book may be reproduced, transmitted, broadcast or stored in an information retrieval system in any form or by any means, graphic, electronic or mechanical, including photocopying, taping and recording, without prior written permission from the publisher.

著作权合同登记号桂图登字：20-2023-094 号

图书在版编目（CIP）数据

荒野特工. 2, 破冰营救 /（英）珍妮弗·贝尔著；（英）爱丽丝·利肯斯绘；王扬译. --桂林：广西师范大学出版社，2023.11（2023.12 重印）
（神秘岛. 文学海岸线）
ISBN 978-7-5598-6363-8

Ⅰ. ①荒… Ⅱ. ①珍… ②爱… ③王… Ⅲ. ①儿童小说—中篇小说—英国—现代 Ⅳ. ①I561.84

中国国家版本馆 CIP 数据核字（2023）第 176275 号

广西师范大学出版社出版发行
（广西桂林市五里店路 9 号　邮政编码：541004
网址：http://www.bbtpress.com）
出版人：黄轩庄
全国新华书店经销
北京博海升彩色印刷有限公司印刷
（北京市通州区中关村科技园通州园金桥科技产业基地环宇路 6 号
邮政编码：100076）
开本：880 mm × 1 240 mm　1/32
印张：5　　　　字数：60 千
2023 年 11 月第 1 版　　　2023 年 12 月第 2 次印刷
定价：32.00 元

如发现印装质量问题，影响阅读，请与出版社发行部门联系调换。